CERDDI JANE ELLIS

CLASURON HONNO

Sefydlwyd Honno Gwasg Menywod Cymru ym 1986 er mwyn rhoi cyfleon i fenywod yn y byd cyhoeddi Cymreig ac i gyflwyno llên menywod Cymru i gynulleidfa ehangach. Rhan bwysig o genhadaeth y wasg yw cyflwyno gweithiau gan fenywod o Gymru, sydd wedi bod allan o brint ers amser maith, i genhedlaeth newydd o ddarllenwyr. Dyma a wneir yn y ddwy gyfres 'Clasuron Honno' a 'Honno Classics'. Crynhodd y golygyddion cyntaf, sef Kathryn Hughes a Ceridwen Lloyd-Morgan genadwri Clasuron Honno yn rhagair y gyfrol gyntaf yn y gyfres, sef *Telyn Egryn* gan Elen Egryn:

> Fel merched a Chymry teimlwn ei bod hi'n hynod o bwysig inni ailddarganfod llenyddiaeth y rhai a'n rhagflaenodd, er mwyn cofio, dathlu a mwynhau cyfraniad merched y gorffennol i'n llên ac i'n diwylliant yn gyffredinol.

Pleser digymysg yw cyhoeddi *Cerddi Jane Ellis* ac y mae tîm Honno Gwasg Menywod Cymru yn ddiolchgar i Rhiannon Ifans am ei gwaith ymchwil a golygyddol trwyadl. Gobaith diffuant Honno yw y bydd y gyfrol yn ysgogi ymchwil pellach ac yn denu sylw beirniadol newydd i Jane Ellis a'i chyfraniad. Gorau oll os darganfyddir awduresau newydd y gellir cyhoeddi eu gwaith yn y gyfres hon!

Rosanne Reeves a Cathryn A. Charnell-White
(Golygyddion y gyfres)

CERDDI JANE ELLIS

golygwyd gan

Rhiannon Ifans

CLASURON HONNO

Cyhoeddwyd gan Honno
'Ailsa Craig', Heol y Cawl, Dinas Powys,
Bro Morgannwg, CF64 4AH
www.honno.co.uk

Hawlfraint yr argraffiad ⓗ Honno, 2010
Hawlfraint golygyddol ⓗ Rhiannon Ifans, 2010

British Library Cataloguing in Publishing Data
Ceir cofnod catalog o'r llyfr hwn yn y Llyfrgell Brydeinig

ISBN: 978 1906784 188

Cedwir pob hawl. Ni ellir, heb ganiatâd ymlaen llaw gan y cyhoeddwyr, atgynhyrchu unrhyw ran o'r llyfr hwn, na'i storio ar system adennill, na'i drosglwyddo ar unrhyw ffurf neu mewn unrhyw fodd electronig, mecanyddol, llungopi, recordiad, neu'r cyfryw.

Llun y clawr: The Tailor's Patchwork, James Williams
Amgueddfa Genedlaethol Cymru

Cysodydd: Reiff/Dafydd Prys
Dylunydd y clawr: Nicola Schumacher

Cyhoeddwyd gyda chymorth ariannol
Cyngor Llyfrau Cymru

Argraffwyd gan CPI Antony Rowe,
Chippenham and Eastbourne

Cyflwynaf y gyfrol hon
er cof am fy nhad
Tecwyn Jones
Carreg Wian
(1924–2008)

RHAGAIR

Cyflwynir yma olygiad o destun llawn 'trydydd argraffiad, gyda chwanegiad' (1840) cyfrol Jane Ellis *Casgliad o hymnau, carolau, a marwnadau, a gyfansoddwyd ar amrywiol achosion*, gan gredu mai argraffiad cyntaf y gyfrol hon yn 1816 yw'r gyfrol gyntaf yn y Gymraeg i'w chyhoeddi gan ferch – o'r rhai a ddaeth i'r golwg hyd yma. Ond mae'r astudiaeth yn ifanc ar hyn o bryd, ac mae'n sicr y deuir o hyd i gyfrol(au) cynharach na hon eto rhyw ddydd.

Diweddarwyd orgraff y testun a'i atalnodi, a dangosir darlleniadau amrywiol o argraffiad 1816 mewn italig yn y nodiadau. Er mwyn eglurder daw'r dyfyniadau Beiblaidd o *Y Beibl Cymraeg Newydd: Argraffiad Diwygiedig* (2004) oni bai fod y gair a drafodir (er enghraifft *Iawn*) wedi ei ddileu o'r fersiwn hwnnw; gwnaethpwyd defnydd helaeth o'r gyfrol *Geiriadur Beiblaidd* o waith Thomas Charles o'r Bala gan fod Jane Ellis yn gydnabod iddo, ac er mwyn cyfoesedd meddylfryd. Yn yr Eirfa, rhestrir y geiriau a drafodir yn y nodiadau (nodir hynny ag 'n'); yn y mynegai i enwau priod rhestrir pob enw person a phob enw lle sy'n digwydd yn y cerddi.

Cydnabyddir yn ddiolchgar gymorth y canlynol: staff Llyfrgell Genedlaethol Cymru, Aberystwyth, Merfyn Wyn Tomos a staff Archifdy Dolgellau, Steven Davies a staff Archifdy Sir y Fflint, staff Swyddfa'r Cofrestrydd yn yr Wyddgrug, Yr Athro Emeritws R. M. Jones, a Dr Cathryn Charnell-White. Diolchir yn enwedig i Dafydd Ifans am ei gymorth a'i gefnogaeth hael.

CYNNWYS

RHAGAIR	ix
CYNNWYS	xi
BYRFODDAU	xv
RHAGYMADRODD	xxi
TESTUN	1

Emynau

Rhan I — 1

1.	Wrth ymaflyd â dy waith	1
2.	Mae rhyw ofnau yn fy nilyn	2
3.	Mae gennyf achos i'th ryfeddu	3
4.	Wrth edrych ar yr arfaeth fore	4
5.	Rwy'n teithio megis ar fy asyn	4
6.	Wrth im deithio trwy'r anialwch	5
7.	Wel dyma fi, bechadur mawr	7
8.	O am nerth i bara'n ffyddlon	8
9.	O na fedrwn gadw'm hysbryd	9
10.	Wel dyma fore Sabath newydd	10
11.	Wrth weld fy nghydgyfeillion	10
12.	Tarfedig wyf fi	11

Rhan II — 13

13.	O na chawn i nerth i sefyll	13
14.	Mi welaf mai un graslon	14
15.	Nid ydwyf fi ond eiddil gwan	15
16.	Er cymell inni roddi	15
17.	Bydd newydd ryfeddodau	16
18.	Y mae fy enaid eiddil	17
19.	Nid cael nefoedd wedi marw	18
20.	Rwyf yn teimlo rhyw gystuddiau	19
21.	Dacw Adda yn yr ardd	20

22.	Rhoddaist imi blant i'w magu	20
23.	Mae fy enaid bron llewygu	21
24.	Er bod angau wedi 'mygwth	22
25.	Mi wn na ddylwn anfoddloni	23
26.	Rhyw faich o euogrwydd du	24
27.	Wrth edrych ar fy llwybrau	24
28.	Mae fy nyddiau bron â darfod	25
29.	Er imi gael fy nghladdu	25

Rhan III — 27

30.	Er c'leted yw fy nghalon	27
31.	Wrth feddwl am wynebu'r glyn	28
32.	Rwyf yn clywed fod gorffwysfa	29
33.	Beth yw'r wialen wyf yn deimlo	30
34.	Rhyfeddod fawr oedd gweld y Duwdod	31
35.	Tra bwyf yma dyfroedd Mara	31
36.	Mi fûm yn teithio dyffryn Baca	32
37.	Rwyf yn teimlo 'nghof yn pallu	33
38.	Grawnsypiau'r wlad sydd felys iawn	34
39.	Y puraf un yn bechod wnaed	34

Myfyrdod — 35

| 40. | Rwyf yn fynych yn myfyrio | 35 |

Marwnadau — 39

41.	Trwm yw'r galar rwy'n ei deimlo	39
42.	Clywais newydd trwm, galarus	42
43.	Beth yw'r cynnwrf mawr a'r wylo	45
44.	Mae fy nghalon i mewn galar	49
45.	Beth yw'r newydd trwm sy'n seinio	53
46.	O fy ngeneth, ti ddihengaist	55
47.	Fy annwyl frawd a hedodd adrau	59

Carolau 61
48. Dyma unig ddydd Nadolig 61
49. O caned trigolion yr hollfyd 64
50. O deued pob Cristion, cewch gennyf gysuron 67
51. Dynoliaeth a grewyd mor loyw 69

NODIADAU	73
ATODIAD	134
GEIRFA	137
ENWAU PERSONAU AC ENWAU LLEOEDD	148
MYNEGAI I'R LLINELLAU CYNTAF	150

BYRFODDAU

a.	ansoddair
Actau	'Actau yr Apostolion' yn y Testament Newydd
amhff.	amherffaith
amhrs.	amhersonol
art. cit.	*articulo citato*
BCN	*Y Beibl Cymraeg Newydd: Argraffiad Diwygiedig* (Cymdeithas y Beibl, 2004)
1 Br	'Llyfr Cyntaf y Brenhinoedd' yn yr Hen Destament
2 Br	'Ail Lyfr y Brenhinoedd' yn yr Hen Destament
c.	*circa*
Can	'Caniad Solomon' yn yr Hen Destament
cf.	cymharer
CMA	Archifau'r Methodistiaid Calfinaidd yn Llyfrgell Genedlaethol Cymru, Aberystwyth
1 Cor	'Llythyr Cyntaf Paul at y Corinthiaid' yn y Testament Newydd
2 Cor	'Ail Lythyr Paul at y Corinthiaid' yn y Testament Newydd
1 Cr	'Llyfr Cyntaf y Cronicl' yn yr Hen Destament
2 Cr	'Ail Lyfr y Cronicl' yn yr Hen Destament
Dan	'Llyfr Daniel' yn yr Hen Destament
Dat	'Datguddiad Sant Ioan' yn y Testament Newydd
Deut	'Deuteronomium' yn yr Hen Destament
Diar	'Llyfr y Diarhebion' yn yr Hen Destament
dyf.	dyfodol
e.b.	enw benywaidd
Ecs	'Ecsodus' yn yr Hen Destament
e.e.	er enghraifft
Eff	'Llythyr Paul at yr Effesiaid' yn y Testament Newydd

e.g.	enw gwrywaidd
eith.	gradd eithaf
enw.	enwedig
Esec	'Llyfr y Proffwyd Eseciel' yn yr Hen Destament
Eseia	'Llyfr y Proffwyd Eseia' yn yr Hen Destament
Gal	'Llythyr Paul at y Galatiaid' yn y Testament Newydd
Galarnad	'Galarnad Jeremeia' yn yr Hen Destament
Gen	'Genesis' yn yr Hen Destament
gol.	golygydd, golygwyd gan
GPC	*Geiriadur Prifysgol Cymru* (Caerdydd, 1950–)
grff.	gorffennol
gw.	gweler
Hab	'Llyfr Habacuc' yn yr Hen Destament
Heb	'Llythyr Paul at yr Hebreaid' yn y Testament Newydd
Hosea	'Llyfr Hosea' yn yr Hen Destament
ibid.	*ibidem*
Ioan	'Yr Efengyl yn ôl Sant Ioan' yn y Testament Newydd
1 Ioan	'Llythyr Cyntaf Ioan' yn y Testament Newydd
Jer	'Llyfr y Proffwyd Jeremeia' yn yr Hen Destament
Lef	'Lefiticus' yn yr Hen Destament
Luc	'Yr Efengyl yn ôl Sant Luc' yn y Testament Newydd
ll.	llinell; lluosog
llau	llinellau
LlGC	Llyfrgell Genedlaethol Cymru, Aberystwyth
Marc	'Yr Efengyl yn ôl Sant Marc' yn y Testament Newydd
Math	'Yr Efengyl yn ôl Sant Mathew' yn y Testament Newydd
Micha	'Llyfr Micha' yn yr Hen Destament

myn.	mynegol
n.	nodyn
NPR	Non-parochial Registers yn yr Archifdy Gwladol, Kew
Num	'Numeri' yn yr Hen Destament
ODCC3	*The Oxford Dictionary of the Christian Church*, ed. F. L. Cross and E. A. Livingstone (third ed., Oxford, 1997)
op. cit.	*opere citato*
1 Pedr	'Llythyr Cyntaf Pedr' yn y Testament Newydd
pres.	presennol
Phil	'Llythyr Paul at y Philipiaid' yn y Testament Newydd
Rhuf	'Llythyr Paul at y Rhufeiniaid' yn y Testament Newydd
Salm	'Llyfr y Salmau' yn yr Hen Destament
1 Sam	'Llyfr Cyntaf Samuel' yn yr Hen Destament
2 Sam	'Ail Lyfr Samuel' yn yr Hen Destament
Sech	'Llyfr Sechareia' yn yr Hen Destament
t.	tudalen
1 Tim	'Llythyr Cyntaf Paul at Timotheus' yn y Testament Newydd
2 Tim	'Ail Lythyr Paul at Timotheus' yn y Testament Newydd
tt.	tudalennau
un.	unigol

CERDDI JANE ELLIS

RHAGYMADRODD

Bu'r flwyddyn 1850 yn un hynod o bwysig yn hanes merched Cymru. Lansiwyd y cylchgrawn cyntaf i ferched yn y Gymraeg, sef *Y Gymraes*, a chyhoeddwyd y gyfrol brintiedig gyntaf o waith llenyddol gan ferch, sef *Telyn Egryn* gan Elen Egryn.[1]

Daw'r dyfyniad o ragymadrodd Kathryn Hughes a Ceridwen Lloyd-Morgan i'r gyfrol fach wyth tudalen a deugain *Telyn Egryn: neu gyfansoddiadau awenyddol Miss Ellin Evans ... a* gyhoeddwyd yn Nolgellau yn 1850. Ac am ei bod hi 'y gyfrol brintiedig gyntaf o waith llenyddol gan ferch' fe'i hailgyhoeddwyd gan wasg Honno yn 1998: mae'r cyhoeddiad newydd yn cynnwys ffacsimili o'r cyhoeddiad gwreiddiol, ynghyd â rhagymadrodd beirniadol.

Ond o fynd yn ôl ddegawd i'r flwyddyn 1840, fe gyhoeddwyd dwy o gyfrolau cynharach gan ferched, y naill yn y gogledd a'r llall yn y de. Wedi'i hargraffu gan Rees a Thomas yn Llanelli, cyhoeddodd Mary Owen, Cwmbychan ger Port Talbot ym Morgannwg, ei chyfrol *Hymnau ar amryw destunau: o gyfansoddiad Mrs. M. Owen, Cwmbychan, Sir Forgannwg*, cyfrol 94 tudalen yn mesur rhyw bedair modfedd a hanner

---

[1] Gw. Kathryn Hughes a Ceridwen Lloyd-Morgan (gol.), *Telyn Egryn gan Elen Egryn* (Dinas Powys, 1998), vii. Am fersiwn cynharach o'r Rhagymadrodd hwn gw. 'Ar drywydd y gyfrol brintiedig gyntaf o waith llenyddol yn y Gymraeg gan ferch' / 'On the trail of the first literary volume published in Welsh by a woman' yn Sally Harper ac Wyn Thomas (gol.), *Cynheiliaid y Gân: Teyrnged i Phyllis Kinney a Meredydd Evans / Bearers of Song: A Tribute to Phyllis Kinney and Meredydd Evans* (Caerdydd, 2007), 189–226.

wrth ddwy fodfedd a thri chwarter. Daw'n amlwg yn rhagair W. Morris, Glandŵr (sef Landore, Abertawe), mai ail argraffiad gydag ychwanegiadau ydoedd, 'Gwel y darllenydd fod yr ychwanegiadau o'r un natur a thuedd daionus â'r rhan a aeth eisioes trwy y wasg.' Cafwyd trydydd argraffiad yn 1841, wedi'i argraffu yn Abertawe gan E. Griffiths; ni wyddys ym mha flwyddyn y cyhoeddwyd yr argraffiad cyntaf.

Yn y flwyddyn 1840 hefyd y cyhoeddwyd yn yr Wyddgrug drydydd argraffiad cyfrol ddeuddeg tudalen a thrigain o waith llenyddol dan enw Jane Ellis, sef *Casgliad o hymnau, carolau, a marwnadau, a gyfansoddwyd ar amrywiol achosion*. Er chwilio'n ddyfal am Jane Ellis, ni ddaeth yr argraffiad cyntaf na'r ail i law dan ei henw.[2]

Ymdroir yng nghwmni Jane Ellis a'i chasgliad o gerddi am ddau reswm. Yn gyntaf, mae Jane Ellis ymysg nifer bach iawn o ferched a gyhoeddodd gyfrol o waith llenyddol yn Gymraeg cyn canol y bedwaredd ganrif ar bymtheg.[3] Ond nid dyna'r unig reswm dros ymhoffi yn y gyfrol. Yn ail reswm teilwng iawn, mae Jane Ellis yn un o ychydig iawn, iawn o ferched a gyhoeddodd garolau plygain, a thybed nad ei charolau hi, yn wir, yw'r rhai cynharaf sydd gennym mewn print?

---

[2] Am ddatrysiad y dirgelwch, darllener ymlaen.
[3] Wrth hyn golygir cyfrol lawn, wedi ei ffurfio o nifer o blygiadau papur wedi eu cydrwymo, yn hytrach na mân ddarnau. Cyhoeddwyd cyn hyn amryfal weithiau gan ferched, er enghraifft taflenni baledi, llyfrynnau bach a phamffledi; arnynt gw. Eiluned Rees, *Libri Walliae: catalog o lyfrau Cymraeg a llyfrau a argraffwyd yng Nghymru* (2 gyfrol; Aberystwyth, 1987); Charles Parry, *Libri Walliae: catalog o lyfrau Cymraeg a llyfrau a argraffwyd yng Nghymru: Atodiad* (Aberystwyth, 2001); Cathryn A. Charnell-White (gol.), *Beirdd Ceridwen: Blodeugerdd Barddas o Ganu Menywod hyd tua 1800* ([Felindre, Abertawe], 2005).

Mae tair adran i gyfrol Jane Ellis, sef emynau, carolau, a marwnadau, a phwysleisir mai trafod y 'trydydd argraffiad, gyda chwanegiad' a wneir am y tro. Casglwyd iddo 51 o gerddi. Yn agor y gyfrol mae 39 o emynau, ac mae traddodiad emynyddol aruthrol gryf y ddeunawfed ganrif yn safon ac yn batrwm i'r gwaith; yn dynn ar sodlau'r emynau mae saith marwnad – ac wrth lunio'r rheini yr oedd Jane Ellis yn drwm dan ddylanwad amgylchiadau ingol ddyrys ei theulu, a'i ffrindiau yn y ffydd; ac yn y trydydd safle (o ran trefn y gyfrol er nad trefn teitl y gyfrol) cadwyd pedair carol blygain, a'r pedair wedi eu gosod yn uned ar gynffon y llyfr. Dyna hanner cant o gerddi, ynghyd â cherdd sy'n dwyn y teitl 'Darluniad tri Christion o'r angau a ddewisent'; fe'i gosodwyd rhwng yr emynau a'r marwnadau.

Emynau Jane Ellis

Trefnwyd y casgliad o 39 emyn yn dair adran. Nid oes rheswm amlwg dros y rhaniad hwn oni bai i'r adrannau gael eu cyfansoddi ar adegau gwahanol yn hanes Jane Ellis.[4] Yma, trafodir yr emynau fel undod.

Emynau yw'r rhain sy'n dilyn patrwm yr hyn a ddisgwylid gan un yn proffesu ffydd Fethodistaidd ac iddi flas y ddeunawfed ganrif.[5] Gras yn symbylu tröedigaeth enaid – dyna sail y caniadau hyn. Er bod

---

[4] Cynhwyswyd yn yr adran gyntaf emynau 1–12; yn yr ail adran emynau 13–29; ac yn y drydedd adran emynau 30–9.

[5] Ar hynodion emynyddiaeth y bedwaredd ganrif ar bymtheg gw. R. M. Jones (gol.), *Blodeugerdd Barddas o'r bedwaredd ganrif ar bymtheg* ([Felindre, Abertawe], 1988), 15–22; Brynley F. Roberts, 'The Literature of the "Great Awakening"' yn Branwen Jarvis (gol.), *A Guide to Welsh Literature c. 1700–1800* (Caerdydd, 2000), tt. 279–304.

pwyslais mawr yn cael ei roi ar y profiad cynhyrfus o dröedigaeth, tystia Jane Ellis fod angen elfen gref o holi'r hunan i wneud yn siŵr o ddilysrwydd y profiad. Yr oedd pwyslais cryf ar siarsio'r praidd i fedru gwahaniaethu rhwng *gwybod am* Grist, a'i *adnabod* – dau beth hollol wahanol. Nid yw bod wedi clywed am Grist, neu fod wedi darllen amdano, o reidrwydd yn gyfystyr ag adnabyddiaeth bersonol o Grist, nac ychwaith o'r ddawn i synhwyro Crist mewn person arall. Meddai Thomas Williams o Lanfihangel-yng-Ngwynfa ar ddechrau'r bedwaredd ganrif ar bymtheg:

> Beth dâl i ni gyhoeddi heddiw
> Ryw ganiad mawr ag *enaid marw*?[6]

Canu personol, canu profiad, canu o'r galon sef 'ffynnon ffydd', yw canu Jane Ellis. Mae'n ysu am gael gwybod i sicrwydd 'Fod undeb rhyngwy' ag Iesu gwyn',[7] a bod yr undeb hwnnw'n un dilys, yn un a stamp y Duwdod arno:

> Mae rhyw ofnau yn fy nilyn,
> Ofni'n aml tynnu'n ôl,
> Ofni nad oes gennyf grefydd
> Ond cario lamp fel morwyn ffôl
> Ac y byddaf yn y diwedd
> Yn gweiddi am olew heb gael dim;

---

[6] Gw. Thomas Williams, *Newyddion Gabriel* (Llanfair-Caereinion, 1825), 44; golygwyd yr orgraff a'r atalnodi.
[7] Gw. 28.4.

> Arglwydd, anfon air o'th enau
> Fyddo'n argyhoeddiad im.⁸

Dyna fyrdwn ei chanu, ac o gael yr argyhoeddiad hwnnw, deued a ddelo. Ei dymuniad eirias yw cael troi cefn ar ddioddefaint y byd a moli Duw yn hyfrydwch y nefoedd.

Er dyfned ei ffydd, poenai anghrediniaeth Jane Ellis ar brydiau (fel y poenodd Dafydd William, Llandeilo Tal-y-bont (1720/1–94): 'Anghrediniaeth gad fi'n llonydd'). Ofnai Jane Ellis nad oedd ganddi grefydd a fyddai'n dal pwys a gwres y dydd. Yr oedd pechod hefyd yn faich trwm arni:

> Y mae arnaf fyrdd o ofnau,
> Ofnau mawrion o bob rhyw,
> A thyna'r fan lle maent yn tarddu,
> Oddi ar droseddu cyfraith Duw.⁹

Yr oedd Dydd Barn yn ddydd real a phenodedig:

> Bydd newydd ryfeddodau
> Yn nydd y cyfrif mawr,
> Pan fyddo'r haul yn duo
> A'r sêr yn syrthio i lawr;
> Bydd dŵr y môr yn berwi
> A'r byd yn llosgi o dân,
> Pryd hyn bydd tylwyth Seion
> Yn seinio peraidd gân.¹⁰

---

⁸ Gw. 2.1–8; cyfeirir yn y pennill hwn at ddameg y pum morwyn gall a'r pum morwyn ffôl, gw. Math 25.1–13.
⁹ Gw. 6.9–12.
¹⁰ Gw. 17.1–8.

Nid yw ei chanu yn dangos olion dysg fawr: nid oes ynddo gyfeiriadau llenyddol, nid oes ynddo ddim o'r Apocryffa, ond mae ynddo doreth o linellau sy'n adleisio'r hen emynwyr Methodistaidd, a'r adleisiau hynny'n garreg ateb i'r Ysgrythurau.

Emyn a gyfansoddwyd pan oedd Jane Ellis yn byw yn llygad y ddrycin yw'r emyn sy'n dwyn y teitl 'Y penillion isod a gyfansoddwyd pan oedd clefyd yn y tŷ'.[11] Nid yw'n eglur pwy oedd yn gystuddiedig, ond sylwedd yr emyn yw trafod y syniad – poblogaidd mewn rhai cymdeithasau crefyddol – mai gwialen i geryddu pechadur yw salwch. Agorir y mater drwy ofyn yn blwmp ac yn blaen ai dyna yw. O ateb y cwestiwn yn negyddol, mae ail gwestiwn yn codi'i ben: os nad cerydd am ddrygioni yw salwch, beth yw ei ddiben?

> Mae rhyw ddadl yn fy mynwes
> Am y clefyd sy'n fy nhŷ;
> Mae un yn haeru fod Duw'n gwgu
> Am ryw feiau sy ynof fi,
> A'r llall yn gweiddi, 'Grym i ddioddef
> Yn y tonnau ronyn bach',
> Mai clefyd ydyw i fy mhrofi
> Cyn fy ngwneud yn gwbl iach.[12]

Ac mae'r ddadl hon yn boeth yn ei brest: weithiau mae un ochr yn gweiddi'n uwch na'r llall, dro arall yr ochr arall sy'n crochlefain uchaf yn ei chlust. Sut mae torri'r ddadl?

---

[11] Gw. cerdd 33.
[12] Gw. 33.9–16.

Ond presenoldeb Duw ei hunan
Dyrr y ddadl yn y fan:
Golwg arno wna imi gredu
Fod yr Iesu imi'n rhan.[13]

Carolau Jane Ellis

Cyhoeddodd Jane Ellis bedair carol yn y casgliad hwn, sef 'Carol Nadolig', carol ddeg pennill o hyd i'w chanu ar 'Diniweidrwydd'; 'Carol Plygain', hon eto'n garol ddeg pennill o hyd i'w chanu ar 'Yr Hen Ddarbi'; 'Carol Newydd' (sef 'O deued pob Cristion'), yn chwe phennill i'w chanu ar 'Duw Gadwo'r Brenin'; a'r bedwaredd, 'Carol Plygain', yn dri phennill ar ddeg i'w canu ar 'Yr Hen Ddarbi'.[14] Mesurau Jane Ellis felly yw 'Diniweidrwydd',[15] 'Yr Hen Ddarbi',[16] a 'Duw Gadwo'r Brenin',[17] ac mae'n amlwg mai dyma ffefrynnau'r saint yn ardal yr Wyddgrug yn y cyfnod dan sylw. Nid carolau sy'n sôn yn unig am enedigaeth babi mohonynt, ond carolau sy'n sôn am holl drefn Rhagluniaeth.[18]

---

[13] Gw. 33.21–4.

[14] Ar y garol hon gw. Rhiannon Ifans, '"Dynoliaeth a grewyd mor loyw ...": un arall o garolau plygain Jane Ellis', *Canu Gwerin*, 29 (2006), 71–7.

[15] Phyllis Kinney, 'The Tunes of the Welsh Christmas Carols (I)', *Canu Gwerin*, 11 (1988), 46–7.

[16] D. Roy Saer, 'Tôn "Hen Ddarbi" a'i Theulu', *Canu Gwerin*, 1 (1978), 17–26; Phyllis Kinney, art. cit. 45–6.

[17] Alun W. G. Davies, 'A Variation on Two Carols', *Welsh Music*, 4, rhif 5 (1973–4), 51–61, 81; D. Roy Saer, 'Carol y Cymro ac Anthem y Sais', *Welsh Music*, 7, rhif 9/10 (1985), 6–19; Phyllis Kinney, 'The Tunes of the Welsh Christmas Carols (II)', *Canu Gwerin*, 12 (1989), 7–8.

[18] Ymhellach ar y garol Nadolig Gymraeg gw. Meredydd Evans, 'Dylanwad Methodistiaeth ar rai o garolau Nadolig y ddeunawfed ganrif' yn J. E. Caerwyn Williams (gol.), *Ysgrifau Beirniadol XV* (Dinbych, 1988), 174–91.

O Deued pob Cristion[19]

Recordiwyd y garol hon am y tro cyntaf gan y Fonesig Ruth Herbert Lewis ym mis Medi 1910, a'i chofnodi yn *Cylchgrawn Cymdeithas Alawon Gwerin Cymru* yn 1919. Cafodd Ruth Lewis berswâd ar Mr Jones, Croeswian, Caerwys yn sir y Fflint, i ganu i'w ffonograff. Petai Mr Jones wedi gwrthod canu byddai rhywun arall wedi canu yn ei le, oherwydd yn ôl cofnod y *Cylchgrawn*, 'Several Caerwys people remember their fathers singing this carol.'[20] Mae'n amlwg felly ei bod hi'n garol gyfarwydd iawn ar lafar, a'i bod yn cylchredeg yn helaeth yn y gymdogaeth leol.

Pwy oedd Mr Jones, Croeswian, Caerwys? Mae Cyfrifiad 1891 yn nodi pedwar Croeswian, sef Croeswian Farm, cartref Mary a David Roberts, ffermwr a bwtsiwr wrth ei alwedigaeth,[21] a thri bwthyn Croeswian, sef cartrefi Owen Parry, Thomas Williams, a Robert Jones. Y Robert Jones hwn oedd cantor Ruth Herbert Lewis – yr oedd yn briod â Lucy a chanddynt ddwy o ferched yn byw gartref, sef Catherine (16 oed) ac Elizabeth (14 oed). Y Lucy hon yn ôl Kitty Idwal Jones (merch Ruth Herbert Lewis) oedd *washerwoman* Ruth Herbert Lewis, neu a dyfynnu Dr Mostyn Lewis, ei mab, *daily help* ei fam.

---

[19] Ar y garol hon gw. Rhiannon Ifans, 'O Deued pob Cristion', *Canu Gwerin*, 30 (2007), 86–92; am y prototeip gw. E. Wyn James 'An "English" lady among Welsh folk: Ruth Herbert Lewis and the Welsh Folk-Song Society' yn Ian Russell & David Atkinson (gol.), *Folk Song: Tradition, Revival, and Re-Creation* (Aberdeen, 2004), 282–3.

[20] Cyhoeddwyd y garol yn *Cylchgrawn Cymdeithas Alawon Gwerin Cymru*, 2 (1919), 127–8.

[21] Roedd David Roberts yn 56 mlwydd oed a Mary yn 38 oed; rhestrir enw Thomas Williams yn llysfab (6 oed) i David Roberts.

'O deued pob Cristion' oedd y gân werin gyntaf i Ruth Herbert Lewis ei chasglu. Aethai draw i fwthyn Robert Jones, ac wedi ei siarsio i gadw ei drwyn yn ddigon pell oddi wrth gorn bach aliminiwm y ffonograff ar y bwrdd, canodd Robert Jones i'r peiriant. Dyma ddisgrifiad Kitty Idwal Jones o hanes y recordio yn 1910, ynghyd â'r hanes cefndirol:

> By this time [1910] mother had been fired with the ambition to collect folk-songs herself in the districts around our home in Flintshire, but not being conversant with either tonic sol-fa or old notation, did not see how she could do so. Then one day Aunty Mary [Dr Mary Davies][22] turned up with a portable phonograph which had been presented to the Society [*Cymdeithas Alawon Gwerin Cymru*] by the President [Syr William H. Preece]. This was a fairly recent innovation which would not only record the voice on a wax disc, but also make it possible for the record to be played back to the singer. So mother bought one too and brought it down to Caerwys in the summer of 1910. She tried it out on us children and our friends, and we had a hilarious time recording our voices. Then it transpired that the husband of our washerwoman, Mrs. Lucy Jones, knew an old Welsh carol, *O deued pob Cristion*, and was

---

[22] Wyn Thomas, 'Mary Davies – *grande dame* yr alaw werin yng Nghymru', *Canu Gwerin*, 20 (1997), 28–42.

prepared to sing it. He was greatly intrigued by the horn into which he had to sing, and the first words that came out on the record were: 'No, I must not touch my nose in it.'[23]

Nodir isod dri fersiwn o'r pennill 'O deued pob Cristion', sef fersiwn gwreiddiol Jane Ellis (1840), fersiwn Robert Jones fel y'i canwyd i Ruth Herbert Lewis (1910) ac a gyhoeddwyd yn y *Cylchgrawn* (1919), a'r fersiwn a gyhoeddwyd yn y casgliadau enwadol, sef yn *Y Caniedydd Cynulleidfaol Newydd*, llyfr emynau'r Annibynwyr (1921), ac wedyn yn *Llyfr Emynau* y Methodistiaid Calfinaidd (1927), wedi ei phriodoli, y ddeudro, i fardd anhysbys.

O gymharu fersiwn Robert Jones a fersiwn cyhoeddedig Jane Ellis fe welir peth gwahaniaeth. Fersiwn ychydig yn garbwl o'r garol a ganodd Robert Jones i ffonograff Ruth Herbert Lewis; mae'n amlwg iddo ddrysu rhywfaint ar drefn y llinellau ac iddo gloi'r pennill â chwpled o ail bennill Jane Ellis. Serch hynny, yn fersiwn y llyfrau emynau y canfyddir y newidiadau mwyaf.

Fersiwn Jane Ellis (1840)
O deued pob Cristion, cewch gennyf gysuron,
Cydganwn o galon i gyd
O glod i'r Mab bychan fu ar liniau Mair wiwlan,
Daeth Duwdod mewn baban i'r byd;
O ddyfnder rhyfeddod! O drefen y Duwdod!
Tragwyddol gyfamod a fu!

---

[23] Kitty Idwal Jones, 'Adventures in Folk-Song Collecting', *Welsh Music*, 5, rhif 5 (1977), 37.

I agor ffordd rasol i achub ei bobl
'Mostyngodd Duw freiniol oedd fry:
'Mostyngodd mor isel dan wreiddyn ein llygredd
Nes dyfod a'i agwedd fel gwas;
Er llwyted y llety, er gwaeled y gwely,
Fe anwyd yr Iesu trwy ras.[24]

Mae penillion Jane Ellis yn mynd rhagddynt yn hyfryd iawn, chwech o benillion i gyd (gw. cerdd 50).

Fersiwn Robert Jones (1910, 1919)
O deued pob Cristion, cewch gennym gysuron,
Cydganwn o galon i gyd;
O ddyfnder rhyfeddol, O drefen y Duwdod,
Tragwyddol gyfamod o fri.
I achub ffordd rasol i achub ei bobol
Gostyngodd Dduw freiniol o'i fri;
Gostyngodd mor isel tan wreiddyn ein llygredd
Nes dyfod a'i agwedd fel gwas.
O glod i'r Mab bychan, i … Mair wiwlon,
Daeth Duwdod mewn baban i'r byd;
O Herod anhirion – Y gelyn o galon
A ymddwyn yn greulon o hyd.

Fersiwn y casgliadau emynau (1921, 1927)
O! deued pob Cristion i Fethlem yr awron,
I weled mor dirion yw'n Duw;
O! ddyfnder rhyfeddod! fe drefnodd y Duwdod
Dragwyddol gyfamod i fyw!
Daeth Brenin yr hollfyd i oedfa ein hadfyd
Er symud ein penyd a'n pwn;

---

[24] Gw. 50.1–12.

Heb le yn y llety, heb aelwyd, heb wely,
Nadolig fel hynny gadd Hwn!
Rhown glod i'r Mab bychan, ar liniau Mair wiwlan–
Daeth Duwdod mewn baban i'r byd;
Ei ras, O! derbyniwn; ei haeddiant cyhoeddwn,
A throsto Ef gweithiwn i gyd.

Dau bennill sydd yn y fersiwn a gyhoeddwyd gan yr Annibynwyr a'r Methodistiaid, a'r rheini'n dra gwahanol i waith gwreiddiol Jane Ellis. Y ddau bennill hyn a gyhoeddwyd hefyd yn *Caneuon Ffydd*, y tro hwn (a hynny am y tro cyntaf) dan enw Jane Ellis (er nad hi, yn dechnegol, a luniodd y fersiwn hwnnw). Os rhywbeth, roedd yn gywirach fel yr oedd – person anhysbys a luniodd y fersiwn diwygiedig. Tybed pwy oedd yr awdur-olygydd hwnnw?

Mater diddorol yw'r broblem sylfaenol honno mae'n rhaid i'r sawl sy'n cofnodi ymgodymu â hi, sef mater dewisiadau. Fe welir yma fod fersiwn cyhoeddedig Jane Ellis yn 1840 yn weddol debyg i fersiwn llafar 1910 (a gyhoeddwyd yn 1919). Mae fersiwn diweddarach y casgliadau enwadol yn bur wahanol, a'r hyn sydd gennym yn waddol ar lafar ar hyn o bryd yw'r fersiwn golygedig hwnnw – sy'n fersiwn ardderchog, ond er hynny nid dyma'r testun 'cywir', y testun a fwriadwyd ar ein cyfer gan yr awdur.

Marwnadau Jane Ellis

Cyhoeddwyd saith marwnad rhwng cloriau cyfrol Jane Ellis, saith cerdd yn mynegi galar am berson a fu farw – un o *genres* pwysicaf y traddodiad llenyddol

Cymraeg.[25] Ymysg ein cerddi cynharaf yn y Gymraeg mae hwiangerdd, cerddi mawl, a cherddi marwnad, tair elfen greiddiol i anghenion cymdeithas wâr. O astudio marwnadau Jane Ellis ceir syniad da o'i hamgylchiadau bob dydd, y cyd-destun cymdeithasol yr oedd yn byw o'i fewn, a hefyd ddarlun byw o'i chrefydd.

Ymysg y saith marwnad mae cerdd i goffáu John Ellis: 'Marwnad o goffadwriaeth am y diweddar John Ellis, aelod gyda'r Trefnyddion Calfinaidd yn yr Wyddgrug, sef priod yr awdures, yr hwn a fu farw Tachwedd 5, 1837'.[26] Yn ôl tystysgrif farwolaeth John Ellis fe fu farw o *chronic bronchitis* yn 57 mlwydd oed; golyga hynny iddo gael ei eni yn 1780, ac mai plentyn y ddeunawfed ganrif ydoedd o ran magwraeth. Labrwr oedd John Ellis o ran ei alwedigaeth, nid glöwr ym mhwll glo Plas yr Argoed fel cymaint o'i gydaelodau yng nghapel Bethesda. Nid yw'r dystysgrif farwolaeth yn nodi cyfeiriad ei gartref – y cwbl a geir yw *near Pentre in Mold*, ond datgelir mai ei fab yng nghyfraith, Edward Jones, a gofrestrodd y farwolaeth a'i fod yn bresennol pan fu John Ellis farw. Plastrwr (*plaisterer*) oedd Edward Jones yn ôl y dystysgrif ac mae'n bosibl fod John Ellis a'i fab yng nghyfraith yn gydweithwyr yn y diwydiant adeiladu. Yn ddiweddarach yn ei oes cofnodir bod Edward Jones yn *slater*, eto'n rhan o'r diwydiant adeiladu

---

[25] Ar *genre* y farwnad gw. W. J. Gruffydd, 'Y Farwnad Gymraeg', *Y Llenor*, 18 (1939), 34–45, 91–104; Dafydd Elis Thomas, 'Agweddau ar y cywydd marwnad' (Ph.D. Prifysgol Cymru [Bangor], 1987).
[26] Gw. cerdd 44; mae'n gerdd naw pennill o ddeuddeg llinell yr un, ond mae'r gerdd un cwpled yn brin tua chanol pennill chwech, efallai oherwydd gwall argraffu.

ffyniannus a oedd yn ardal yr Wyddgrug yn y cyfnod.

Bendithiwyd Jane Ellis â bywyd teuluol emosiynol gynnes yn ôl tystiolaeth ei marwnad i John Ellis. Sylfaen y berthynas gariadus hon oedd ffydd y ddau yn nhrefn yr Iachawdwriaeth. Yr oedd gan y ddau brofiad personol o ffydd – mae'r ffaith eu bod yn aelodau gyda'r Methodistiaid Calfinaidd yng nghapel Bethesda yn brawf o hynny, gan ei bod yn amod aelodaeth fod pob un, yn unigol, yn coleddu ffydd Fethodistaidd cyn cael eu derbyn yn aelodau; ni chodwyd John Ellis yn flaenor yn y capel, fodd bynnag.[27] Yr oedd gan y ddau yr un diddordebau, a'r un sail i'w bywydau:

> Cydymdeithio wnaem i'r moddion,
> Weithiau'r dydd ac weithiau'r nos,
> Ac ymddiddan 'nôl dod adre
> Am rinweddau gwaed y groes.[28]

Ond pan ddaeth salwch i ran John Ellis, a'i gyflwr yn dirywio a marwolaeth yn dod yn nes, sut oedd pethau'n edrych yr adeg honno? Dadlennol yw'r ffaith iddynt fedru trafod ei farwolaeth yn hollol agored – nid oedd yn bwnc tabŵ, nid oedd annifyrrwch na swildod rhyngddynt ar y mater:

> Gofynnais iddo'r diwrnod olaf
> Ai isel oedd ei feddwl e.[29]

---

[27] Nid ymddengys enw John Ellis ymhlith enwau'r blaenoriaid yn rhestr Rhiain Phillips, *Y Dyfroedd Byw: Hanes Capel Bethesda, Yr Wyddgrug* (Yr Wyddgrug, 1987), 88–91.
[28] Gw. 44.5–8.
[29] Gw. 44.37–8.

Etyb John Ellis, mewn araith union:

> Nid rhaid im ofni loesion angau
> A'm pwysau ar y Canol-ŵr.[30]

Cyfeiria at Grist y Canolwr, yr un sy'n sefyll yn y canol rhwng dwy blaid anghytûn, sef rhwng Duw a dyn. Daw'r amser pan fo John Ellis yn deisyfu marw, yn gweld ei fod yn gorfod marw, ond ar yr un pryd mae'n awyddus i gysuro Jane:

> Er i mi ragflaenu ychydig
> A'th ado'n unig yna'n awr,
> Credu rwyf cawn gydfoliannu
> Gyda'r Iesu uwch y llawr.[31]

A sut mae hi'n ymagweddu?

> Edrych arno yn ei loesau
> Oedd i 'nheimladau i'n rhoi clwy',
> A gweld fy mod yn mynd i'w golli,
> Na chawn o'i gwmni ddim yn hwy,
> Cefais gymorth uwchnaturiol
> A nerth i sefyll yn fy lle
> I beidio dwedyd dim yn ynfyd
> Yn erbyn trefniad Brenin ne';
> Er iddo fynd â'm hannwyl briod
> A'm gado'n unig yma i fyw,
> Mi ddywedaf megis Eli,
> 'Gwnaed a fynno, f'Arglwydd yw.'[32]

---

[30] Gw. 44.47–8.
[31] Gw. 44.33–6.
[32] Gw. 44.49–60.

Er hynny mae ganddi un deisyfiad. Mae am i'w phlant gael yr un afael ar grefydd ag y cafodd hi a'i gŵr, er mwyn iddynt gael ymuno â'u rhieni ddydd a ddaw:

> Dyro iddynt gael meddiannu
> Crefydd bur a ddalio dân,
> Tywallt arnynt o'th drugaredd
> O dy sanctaidd Ysbryd Glân
> Fel byddont yn golofnau cedyrn
> Yn dy dŷ tra ar y llawr,
> Ac wedi gado'r fuchedd yma
> Cael uno fry â'r dyrfa fawr.[33]

Dyna farwnad Jane Ellis i'w chariad, y gerdd anhawsaf iddi orfod ei hysgrifennu erioed – oni bai efallai am un: 'Galargan a gyfansoddwyd ar farwolaeth Elizabeth Jones, merch yr awdures'.[34] Dyma'r ail brofedigaeth i Jane Ellis ei hwynebu rhwng Tachwedd 1837 pan gollodd ei gŵr, ac 1840, sef dyddiad cyhoeddi'r gyfrol.

---

[33] Gw. 44.101–108.

[34] Ar farwnadau mamau i'w plant gw. Cathryn A. Charnell-White, '"Megis archoll yw 'ngholled": marwnadau mamau i'w plant' yn Gerwyn Wiliams (gol.), *Ysgrifau Beirniadol XXVIII* (Bethesda, 2009), 21–46. Casglwyd tair marwnad gan ferched i'w plant yn Cathryn A. Charnell-White (gol.), *Beirdd Ceridwen: Blodeugerdd Barddas o Ganu Menywod hyd tua 1800* ([Felindre, Abertawe], 2005), ill tair yn perthyn i'r ddeunawfed ganrif: canodd Angharad James gywydd i'w mab, D[afydd] W[iliam], yn 1729 (gw. ibid. 159–61); canodd Catrin Gruffudd ei cherdd 'Marwnad gwraig am ei merch ar fesur "*Heavy Heart*"' yn 1730 (gw. ibid. 236–7, 400); a chyhoeddwyd cerdd Susan Jones, sef marwnad ar ffurf ymddiddan rhyngddi hi a'i merch, Nansi, yn 1764 (gw. ibid. 286–90, 405). Am gasgliad o farwnadau beirdd yr Oesoedd Canol i'w plant gw. Dafydd Johnston (gol.), *Galar y Beirdd: Marwnadau Plant* (Caerdydd, 1993).

Yr oedd Elizabeth Jones yn wraig briod, ac mae'n fwy na thebyg mai hi oedd gwraig yr Edward Jones (*slater* erbyn hyn) a oedd yn bresennol gyda John Ellis ar ei farwolaeth. Dyma gyfnod arall o dristwch i'r teulu:

> Fy annwyl eneth, mae 'nheimladau
> 'N cael eu clwyfo'n fynych iawn
> Wrth edrych ar dy blant amddifaid
> Sydd yma a'u llygaid bach yn llawn,
> A'th annwyl briod yn ochneidio
> Er iddo weld ei waith yn ffôl
> A'i ddagrau'n hidlo wrth dy gofio,
> Na ddoi di eto byth yn ôl.[35]

Mae'n rhesymol tybio mai yn wraig ifanc y collwyd Elizabeth ac yn wir, yn ôl tystysgrif farwolaeth Elizabeth Jones, Pentre, yr Wyddgrug, bu farw o *Pulmonary Consumption* ar 28 Awst 1839 yn 32 oed a'i chladdu, yn ôl Adysgrifau'r Esgob am blwyf yr Wyddgrug, ar ddiwrnod olaf Awst.

Dwsin o benillion ar ffurf ymddiddan rhwng mam a'i merch yw'r farwnad, un yr ochr yma i'r llen, a'r llall yr ochr draw. Yn ôl y disgwyl mae haen o emosiwn y ganrif – teimladrwydd arddull y bedwaredd ganrif ar

---

[35] Gw. 46.25–32.

bymtheg – ar y gerdd,[36] ac mae hiraeth a galar y fam hon am ei phlentyn yn gwbl ddirdynnol. Ond ai cyfleu galar yw unig nod y gerdd, neu a oes iddi ddiben arall? Adroddir stori'r farwolaeth, a mynegir pryder Jane Ellis fod y farwolaeth yn un ddioddefus, ond unwaith y bydd y farwolaeth drosodd a'r gelyn angau wedi'i goncro, pwysleisir y bydd cyflwr y dychweledigion yn un gwynfydedig. Neges debyg sydd ym marwnad William Williams, Pantycelyn, i'w ferch:

> Y mae'n myfyrio'n gofiadwy ar natur baradocsaidd y berthynas rhwng y ddau fyd yn ei farwnad ar fesur penrhydd i'w ferch fach, Maria Sophia, a fu farw'n bythefnos oed, a'i mam yn poeni wrth feddwl amdani yn gorwedd yn ei beddrod oer:

> 'R un peth yw'r pridd â phluf y gwely clyd,
> 'R un peth yw oerfel, dwfwr, tân a gwres,
> 'R un peth yw marw, ond y gair, â byw ...

---

[36] Er enghraifft, bai ar farddoniaeth D. Silvan Evans, yn ôl llythyr Edward Roberts 'Iorwerth Glan Aled' (1819–67) at Ebenezer Thomas 'Eben Fardd' (1802–63) dyddiedig 16 Mai 1851, oedd ei fod yn ddiffygiol mewn teimlad: 'y mae ei fesurau yn gywir, ei iaith yn bur, ei chwaeth yn gynil, a'r oll o'i Farddoniaeth yn hynod o ddestlus — ond nid oes ond ychydig o <u>deimlad yn toddi y galon</u>, yn rhedeg trwy ei weithiau', gw. llawysgrif Cwrt Mawr 73C, llythyr rhif 119, yn Llyfrgell Genedlaethol Cymru. Am arolwg o gynnyrch llenyddol y bedwaredd ganrif ar bymtheg gw. Bedwyr Lewis Jones (gol.), *Blodeugerdd o'r bedwaredd ganrif ar bymtheg* (Aberystwyth, 1965), xi–xl; R. M. Jones (gol.), *Blodeugerdd Barddas o'r bedwaredd ganrif ar bymtheg* ([Felindre, Abertawe], 1988), 11–29; Robert Rhys, 'Llenyddiaeth Gymraeg y Bedwaredd Ganrif ar Bymtheg' yn G. H. Jenkins (gol.), *'Gwnewch bopeth yn Gymraeg': Yr Iaith Gymraeg a'i Pheuoedd 1801–1911* (Caerdydd, 1999), 251–74.

Bod yn y beddrod yw bod yn y nef
I bawb o bur gariadau'r addfwyn Oen.[37]

Dymuniad Jane Ellis hithau oedd cyflwyno'r neges honno'n gysur i'r gymdeithas Fethodistaidd yn yr Wyddgrug, yn ogystal â'i chysuro'i hunan wrth wneud hynny.

Mae Jane Ellis fel petai wedi ei chloi rhwng dau fyd-olwg. Ar y naill ochr mae gwynfyd y meirw, ac ar y llall mae hacrwch y gelyn angau. Ond mae ei chred unplyg yn Nuw yn ymddangos fel petai'n anghytuno â'i hofn, neu o leiaf ei nerfusrwydd, yn wyneb angau. Dyma thema a fu'n nodwedd gref ar lenyddiaeth ar hyd y canrifoedd. Baledi nodedig ar yr un thema yw dwy faled François Villon (1431–?), y naill i'r gwŷr enwog gynt, sef 'Ballade des seigneurs du temps jadis', a'r llall i'r merched enwog gynt, sef 'Ballade des dames du temps jadis'.[38] Yr oedd Villon o'r farn fod byd llawer iawn gwell tu hwnt i ffiniau'r byd hwn, ac eto cyn cyrraedd y byd hwnnw yr oedd yn rhaid gorchfygu'r gelyn mawr:

> It was the horror of the deathbed that so appalled Villon and his contemporaries, accustomed as they were to seeing death through pestilence and violence more than through old age. Their fear was not of being

---

[37] R. Geraint Gruffydd, 'Marwnadau William Williams, Pantycelyn', *Llên Cymru*, 17 (1993), 261–2.
[38] Ymhellach ar Villon gw. A. Longnon (gol.), *François Villon, Oeuvres* wedi'i adolygu gan L. Foulet (Paris, 1932); ar werth esthetig barddoniaeth Villon gw. J. Fox, *The Poetry of Villon* (London, 1962).

dead, but of the physical process of dying, a fear expressed more forcibly by Villon than by any other poet of the age.[39]

Ond os oedd marwolaeth yn ddychryn, câi Jane Ellis esmwythdra i'w hofnau yn nhrefn Rhagluniaeth. Iddi hi, ffydd ddiysgog yn Nuw oedd yr allwedd i'r Cread, a'r ateb i'w holl broblemau. Yr oedd llawer o gwestiynau'n corddi'r meddwl; yr oedd rhyw arlliw o'r felan, rhyw ymwybyddiaeth fod marwolaeth yn agos, rhyw synnwyr fod trychineb ar droed a rhyw aflwydd yn llechu ym mhob cornel, yn gwmwl dros bopeth. Ond beth bynnag oedd y cwestiynau dyrys oedd yn eu hwynebu, yr un ateb oedd i bob cwestiwn, sef gwybod i sicrwydd, heb ddim amheuaeth o gwbl, mai dyma'r drefn, ac mai dyma'r drefn oedd i fod, a bod yr anawsterau a fyddai'n dod yn ei sgil yn mynd i gael eu gorchfygu. Yn bendant ddieithriad, yr oedd cynhaliaeth i'w chael drwy'r trafferthion. Yr oedd trefn i'r Cread, ac fe fyddai'r drefn honno'n cael ei hanrhydeddu. Yr oedd undod hefyd i'r greadigaeth, ac wrth wraidd yr undod

---

[39] *Complete Poems of François Villon*, y cerddi wedi'u cyfieithu gan Beram Saklatvala gyda rhagymadrodd gan John Fox (London, 1968), xxi–xxii.

hwnnw yr oedd Duw – undod Duw-ganolog oedd i'r byd a'i bethau.[40]

Canwyd un arall o farwnadau Jane Ellis i ffrind personol iddi: 'Marwnad a gyfansoddwyd ar farwolaeth Elizabeth Pierce, Wyddgrug, yr hon a fu farw Rhagfyr 21ain, 1838, yn 42 mlwydd oed'.[41] Meddai Jane Ellis am Betty Pierce, 'Aeth gyda'i babi

---

[40] 'the medieval mind ... thought of the universe as ordered and carefully graded, with its structure conceived of as a great chain or ladder of degrees of being, extending from the very throne of God through all possible grades down to the most meagre of objects. There was ultimate unity in the universe which was solidly theocentric', gw. D. Simon Evans, *Medieval Religious Literature* (Cardiff, 1986), 8. Mewn cyfnod diweddarach fe chwalyd y gred ganoloesol hon. Wrth i'r syniad o unoliaeth y greadigaeth golli ei gafael haearnaidd ar y gymdeithas roedd pethau'n gorfod chwalu. Coleddwyd cred mewn pethau unigol, gwledydd unigol, unigolion o frenhinoedd, a hynny'n cyfrannu at greu bwlch rhwng pobl a'i gilydd, ac at gryfhau'r pwyslais ar fateroliaeth yr unigolyn yn hytrach nag ymorol am fuddiannau'r grŵp, gw. A. R. Myers, *England in the Late Middle Ages*, (Harmondsworth, 1971), 9–14.

[41] Gw. cerdd 45. Yn ôl ei thystysgrif farwolaeth, bu farw Elizabeth Pierce (née Ward), Chester Street, yr Wyddgrug, o *Uterine Haemorrhage* yn 45 oed (ond yn 42 mlwydd oed yn ôl teitl marwnad Jane Ellis iddi) ar 21 Rhagfyr 1838 a'i chladdu, yn ôl Adysgrifau'r Esgob am blwyf yr Wyddgrug, ar 3 Ionawr 1839 yn 41 mlwydd oed. (Newydd ddod i rym yr oedd cofrestru sifil yn 1837 ac nid oedd pobl yn gyfarwydd â chofnodi union oedran; yn aml nis gwyddent.) Maria Hughes a hysbysodd y cofrestrydd ynghylch y farwolaeth, hithau hefyd yn byw, yn ôl Cyfrifiad 1841, yn Chester Street, yn wraig weddw 50 oed a chanddi fab (20 oed) o'r enw Thomas a oedd yn löwr wrth ei alwedigaeth. Priodwyd John Pierce ac Elizabeth Ward ar 22 Ionawr 1822 (ac enwir Robert a Harriet Ward ymhlith y tystion). Bedyddiwyd tri o'u plant yng nghapel Bethesda (M.C.), yr Wyddgrug, rhwng 1807 ac 1834 (gw. CMA/13148 yn Llyfrgell Genedlaethol Cymru), sef Jane (ganwyd 5 Mehefin 1825), Harriet (ganwyd 30 Mehefin 1831), ac Elizabeth (ganwyd 4 Mai 1834). Yn ôl Cyfrifiad 1841 trigolion y cartref yn Chester Street oedd John Pierce, cariwr (45 oed), George (15 oed), Harriet (9 oed), Elizabeth (7 oed), a John (4 oed).

'lawr i'r bedd!'.[42] Yn ôl ei thystysgrif farwolaeth, bu farw Elizabeth Pierce o *Uterine Haemorrhage* a gellir tybio ei bod wedi marw ar enedigaeth plentyn, a bod y fam a'i phlentyn wedi eu claddu yn yr un bedd, ar yr un diwrnod trist. Cloir y farwnad ar nodyn personol:

> Ar ei hôl rwyf innau'n teithio,
> Yn prysuro'n gyflym iawn;
> Ni byddaf yma nemor bellach,
> Fe aeth arna' i'n hwyr brynhawn;
> Ar fyr bydd edau frau fy einioes
> Wedi dirwyn oll i ben:
> O am gael fy ngwneud yn barod,
> Doed angau mwy pan ddêl. Amen.[43]

Beth a barodd iddi gyfansoddi'r pennill hwn? A oedd yng ngafael afiechyd? Neu yng ngafael iselder? Blwyddyn oedd wedi mynd heibio er pan fu farw ei gŵr, ac yn awr yr oedd ei 'ffrind anwyla" (ll. 17) wedi marw dan amgylchiadau trist iawn. Teimlai Jane Ellis yn gwbl sicr ei bod hithau ar fin marw, ac mae'n gweddïo am gael ei gwneud yn barod i ymuno â theulu'r nef (yn hytrach na phlant uffern). Mae Cyfrifiad 1841 yn dangos ei bod wedi dod dros ei hanhwylder, fodd bynnag, ac fe'i ceir yn *stocking weaver* dros ei thrigain oed yn byw yn New Street yn yr Wyddgrug, rhwng iard Robert Williams a *Davies' yard*.

---

[42] Gw. 45.8.
[43] Gw. 45.57–64.

Dyna o leiaf dri argyfwng mawr ym mywyd Jane Ellis o fewn byr o dro. Ond bu o leiaf un arall. Ym mis Mai 1837, rhyw gwta chwe mis cyn marwolaeth John Ellis, fe fu damwain fawr yn y pwll glo lleol, Plas yr Argoed, a bu hynny'n brofedigaeth fawr i'r ardal gyfan. Lluniodd Jane Ellis gerdd i goffáu ei ffrindiau a fu farw yn y drychineb: 'Galarnad: Meddwl hiraethus uwchben y difrod a achlysurid drwy doriad llifeiriant cryf i Waith Glo Plas yr Argoed, gerllaw yr Wyddgrug, swydd Fflint, ar y 10fed o Fai, 1837, drwy yr hyn y bu farw un ar hugain o ddynion'.[44] Nid baled yn null stori newyddiadurol mo hon.[45] Nid llunio stori afaelgar, gynhyrfus, iasol oedd nod Jane Ellis, ac ni fydd y gerdd yn cael ei rhestru ymhlith y casgliad mawr o faledi sy'n ymwneud â damweiniau a thrychinebau. Yr oedd y cyfnod rhwng 1840 a 1900 yn doreithiog yn y math hwnnw ar faled ac yn wir 'damweiniau

---

[44] Ibid. 45–9; cyhoeddodd Owen Jones 'Meudwy Môn' gofnod o'r ddamwain dan y teitl: *Gwaedd Effro ar y Glowyr: Hanes fanol a chywir o'r trychineb arswydus a gymerodd le yn ngwaith glo Plas-yr-Argoed, gerllaw y Wyddgrug, swydd Fflint; ar y 10fed o Fai, 1837: pan dorodd llifeiriant i'r gwaith, ac yr achlysurodd farwolaeth un-ar-hugain o'r gweithwyr* (Wyddgrug, 1837). Dywedir ar yr wyneb-ddalen fod Owen Jones yn 'Ysgrifenydd perthynol i'r Gwaith Glo crybwylledig', neu fel mae'r *Bywgraffiadur Cymreig hyd 1940* (Llundain, 1953), 470, yn datgan: 'penodwyd ef yn *cashier* i lofa Plas yr Argoed' yn 1834, dair blynedd cyn y drychineb.

[45] Canwyd baled sy'n dwyn y teitl 'Cerdd newydd yn gosod allan hanes damwain alarus trwy i ddwfr dorri i waith glo'r Argoed, yn agos i dref yr Wyddgrug yn swydd Fflint, drwy yr hon y collodd un-ar-hugain eu bywydau, ynghyd â'r modd rhyfeddol yr achubwyd deuddeg o dri-ar-ddeg-ar hugain yn fyw o'r ddamwain adfydus hon', ac sy'n agor â'r llinell 'Y Cymry mwyn serchiadol, naws siriol, cydnesewch', am y ddamwain hon gan Edward Edwards, Brymbo, dyddiedig 27 Mai 1837 (gw. Cerddi Bangor 21 (156) yn Llyfrgell Prifysgol Bangor). Fe'i canwyd ar y mesur 'Creigiau Llanberis', a'i hargraffu gan D. Thomas yn y Drenewydd.

diwydiannol, yn nesaf at lofruddiaethau, a gynhyrfodd y mwyafrif o faledi'r ganrif'.[46] Baledi yn sôn am ddamweiniau yn y pyllau glo oedd y rhan fwyaf o'r rhain, ar achlysuron o berygl, pan fyddai'r 'damp' yn tanio a hithau'n mynd yn danchwa, neu pan fyddai'r gadwyn oedd yn gollwng y caets yn torri, a'r dynion yn syrthio i waelod y pwll, neu, fel yma, wrth i'r dŵr dorri i mewn i'r pwll glo a chymryd bywydau.

Nid baled sydd yma ond galargan. Dywed Jane Ellis ei bod yn galaru dros bob un a gollodd ei fywyd, a thros y teuluoedd galarus, ond mae ganddi le arbennig yn ei chalon i dri yn enwedig: 'Yn y penillion isod mae yr awdures yn crybwyll enwau rhai o'i brodyr hoff, rhodiad gwastadol y rhai oedd yn dangos i ba wlad yr oeddynt yn ymdaith: ac nid yw ei bod wedi esgeuluso enwi eraill yn un prawf nad yw yn coledd meddyliau tyner amdanynt hwythau.' Tri brawd hoff sy'n cael eu henwi ganddi. Un o'r rheini oedd Thomas Jones, gweddïwr o'r frest tan gamp:

> Dan y ddaear fe weddïai
> Pan oedd yn agos iawn i angau
> Gyda'r plant oedd yn ei gwmni,
> A ledio pennill iddynt ganu.[47]

---

[46] Ben Bowen Thomas, *Drych y Baledwr* (Aberystwyth, 1958), 103; trafodir y baledi sydd â damweiniau a thrychinebau ar dir yn destun iddynt, gw. tt. 103–12; gw. hefyd Tegwyn Jones, 'Y baledi a damweiniau glofaol', *Canu Gwerin*, 21 (1998), 3–21.
[47] Gw. 43.65–8.

Mae'n rhaid mai dyma'r darlun olaf ohono a gadwyd, darlun o dynerwch ac o gadernid. Un arall oedd William Williams. 'Yn ei ieuenctid cadd fynd adrau' meddai Jane Ellis amdano, ac yr oedd yntau'n weddïwr taer a graenus:

> Cyfarfod olaf bu'n gweddïo,
> Nid â ar fyr ei weddi yn ango';
> Taer bledio roedd, a methu tewi,
> Nes cael gwlith y fendith drwyddi.[48]

Y trydydd gŵr a enwir yn bersonol yw Robert Owen, sef tad y nofelydd Daniel Owen. Yr oedd Jane Ellis yn cyfoesi â rhieni Daniel Owen ac yn cydaddoli â hwy yng nghapel Bethesda. Fe gollwyd yn y ddamwain Robert Owen a dau o'i feibion, sef Robert (a ddisgrifir fel *bachgenyn* ac a oedd efallai newydd ddechrau yn y gwaith), a mab ychydig yn hŷn o'r enw Thomas (a ddisgrifir fel *llanc*). Gadawyd gweddw a phedwar o blant mân, yr hynaf yn 13 oed a'r ieuengaf yn saith mis. Dyma deyrnged a choffadwriaeth Jane Ellis i Robert Owen:

> Galaru rwyf am Robert Owen
> Wrth gofio ei gyfarchiad llawen;
> Yn lle gwrando dan y pulpud
> Mae wedi cyrraedd gwlad y gwynfyd.

---

[48] Gw. 43.77–80.

> Ei dystiolaeth ef yn angau
> Fod ei lamp yn para yn olau
> Sydd gysur cryf i'w annwyl frodyr
> I ymwroli yn y frwydr.[49]

Mae'n rhaid fod y drychineb hon wedi dweud ar Jane Ellis, hynny ynghyd â marwolaeth ei gŵr tua diwedd y flwyddyn, a'i merch Elizabeth yn fuan wedyn. Gwraig weddw 61 mlwydd oed oedd Jane Ellis felly pan gyhoeddwyd trydydd argraffiad *Casgliad o hymnau, carolau, a marwnadau a gyfansoddwyd ar amrywiol achosion*; gwraig weddw oedd wedi cael colledion mawr yn ei bywyd personol, colli gŵr, colli plant, gweld ei hwyrion a'i hwyresau mewn galar, colli ffrindiau agos, colli cyd-addolwyr a chyd-bererinion yn y ffydd dan amgylchiadau arswydus – rhibed hir o golledion poenus.

Nid oes dim syndod felly fod marwolaeth yn un o'r pynciau a ysgogodd awen Jane Ellis. Yr oedd breuder bywyd, a marwolaeth pobl ifanc, yn ysu'r gymuned yn ystod y bedwaredd ganrif ar bymtheg. Diflanedigrwydd y byd a'i bobl oedd un o ddewis themâu barddoniaeth yr oesoedd, beirdd megis Elaeth, efallai o gwmpas troad yr unfed ganrif ar ddeg,[50] a thema debyg iawn oedd gan yr offeiriad o Fôn, Syr Dafydd Trefor (c. 1460 hyd c. 1528) wrth iddo siarsio ei gynulleidfa i gofio byrhoedledd pethau daearol:

---

[49] Gw. 43.85–92.
[50] *Pop pressent ys hawod* ([Megis] hafod [sef tŷ haf] yw pob trigfan ddaearol), gw. Henry Lewis (gol.), *Hen Gerddi Crefyddol* (Caerdydd, 1931), 20 (XII) ll. 6; 'Gofyn am Nawdd Duw, Mair, y Saint a'r Merthyron' yn Marged Haycock, *Blodeugerdd Barddas o Ganu Crefyddol Cynnar* ([Felindre, Abertawe], 1994), 267–71.

Ni phery'r byd hoff hirwych
Mwy no'r drem ym min y drych.[51]
(Nid yw'r byd hoff, hirwych yn para'n hwy nag un cipolwg yn y drych.)

Materion cyffelyb oedd ar feddwl Jane Ellis wrth iddi hithau lunio'i marwnadau. Ac eto i gyd yr argraff barhaol yw, nid nodyn o dristwch yn bennaf, ond nodyn o orfoledd. Gallai Jane Ellis hithau dystio gyda David Charles, Caerfyrddin (1762–1834), gweinidog gyda'r Methodistiaid Calfinaidd a brawd i Thomas Charles o'r Bala:

Mae ffrydiau 'ngorfoledd yn tarddu
o ddisglair orseddfainc y ne'.[52]

Yr argraffiad cyntaf

Nodwyd mai trydydd argraffiad y gyfrol *Casgliad o hymnau, carolau, a marwnadau, a gyfansoddwyd ar amrywiol achosion* a drafodwyd yma, ac i'r ddau argraffiad cyntaf, er chwilio'n ddyfal dan enw Jane Ellis, fethu â dod i'r fei. Pam hynny? Mewn trafodaeth â'r Athro Jane Aaron, a dyfynnu'n helaeth o waith Jane Ellis, cytunwyd mai'r un oedd Jane Ellis a Jane Edward.

Cyhoeddodd Jane Edward bamffled yn cyflwyno 29 o emynau (yn unig) yn y Bala yn 1816 dan y teitl *Ychydig Hymnau, a gyfansoddwyd ar amrywiol achosion*. Y rhai na buont yn argraffedig erioed o'r

---

[51] Rhiannon Ifans, *Gwaith Syr Dafydd Trefor* (Aberystwyth, 2005), cerdd 16 (llau 47–8).
[52] *Caneuon Ffydd* (Pwyllgor y Llyfr Emynau Cydenwadol, 2001), emyn 747, llau 1–2.

blaen. Y 29 emyn hyn yw agorawd trydydd argraffiad *Casgliad o hymnau, carolau, a marwnadau, a gyfansoddwyd ar amrywiol achosion.* Dyna gyfrif felly am argraffiad cyntaf y *Casgliad*, fel petai, ond ysywaeth ni ddaeth yr ail argraffiad i law hyd yma.

O ran maint, cyfrol fechan fach yw'r argraffiad cyntaf hwnnw, yn mesur rhyw ddwy fodfedd a hanner wrth bedair modfedd a chwarter. Yn ei rhagair iddo mae Jane Edward yn hanner ymddiheuro am gyhoeddi o gwbl,[53] gan haeru nad oedd hi'n dymuno gwneud hynny ond bod ei chydwybod, a'i brodyr, wedi ei gwthio i brint. Dyma'r rhagair yn ei grynswth:

> Am y PENILLION yma, y mae arnaf lawer o ddigalondid i'w rhoddi allan, wrth feddwl am fy ngwaeledd ynddynt, ac yn mhob peth arall. — Ond wrth gael fy nghymmell, weithiau gan fy mrodyr, ac weithiau gan fy nghydwybod fy hun, rhag fy mod wedi derbyn talent ac yn ei chuddio yn y ddaear, yr wyf yn eu rhoddi allan fel y maent.
>
> JANE EDWARD

---

[53] 'Gostyngeiddrwydd yw un o brif nodweddion Jane Edward fel bardd', gw. Jane Aaron, *Pur fel y dur: Y Gymraes yn llên menywod y bedwaredd ganrif ar bymtheg* (Caerdydd, 1998), 39. Sylwer hefyd ar y sylw 'cyhoeddedig ar ddymuniad cyfeillion' sydd yn rhan o deitl Mrs M. Owen i'w chyfrol *Hymnau ar amryw destunau / o gyfansoddiad M. Owen: cyhoeddedig ar ddymuniad cyfeillion.*

Cyhoeddiad 32 o dudalennau yw cyhoeddiad 1816, a hwnnw wedi ei gasglu'n ddwy ran. Yn Rhan I ceir dwsin o emynau dros 16 tudalen (emynau rhif 1–12 y gyfrol hon), ac yn Rhan II ceir 17 o emynau ar dudalennau 17–32 (emynau rhif 13–29 y gyfrol hon). Ar ddiwedd pob rhan ceir: 'DIWEDD. R. Saunderson, argraffydd. Bala.' Ni wyddys beth oedd cynnwys yr ail argraffiad, ond yn y 'trydydd argraffiad, gyda chwanegiad' helaethwyd cyhoeddiad 1816 drwy ychwanegu ato drydedd adran o emynau (emynau rhif 30–9 y gyfrol hon), wyth marwnad, a phedair carol.

Bu'r ymchwil am fanylion ynghylch Jane Edward yn un ffrwythlon. Daeth yn amlwg mai cyfenw o'i phriodas gyntaf yw *Edward*, ac iddi gael ei bedyddio yn Jane Davydd ar 10 Mawrth 1779, yn ferch i Ellis a Jane David.[54] Priodwyd Ellis Davies (bragwr) a Jane Roberts, y ddau o blwyf Llanycil, nid drwy alw gostegion ond gyda thrwydded (dyddiedig 4 Awst 1755) – arwydd o gyfoeth a statws ychydig yn well na'r cyffredin. Oherwydd bod Jane Roberts o dan 21 oed cafwyd llythyr oddi wrth ei mam weddw, sef Anne Rowlands, yn rhoi caniatâd ysgrifenedig i'w merch briodi. Un o'r tystion oedd Andrew Jones, tafarnwr, a arwyddodd hefyd y drwydded briodas. Ymddengys felly fod tad Jane Ellis o gefndir gweddol gefnog, ond bod ei mam wedi priodi'n ifanc, wedi colli ei thad, ac efallai'n llai llewyrchus ei byd.

---

[54] Gw. Adysgrifau'r Esgob am blwyf Llanycil yn y flwyddyn 1779.

Bu i Ellis a Jane 14 o blant, a Jane Ellis y gyfrol hon yn gyw melyn olaf ohonynt. Bu farw pum brawd[55] ac un chwaer iddi (hefyd o'r enw Jane)[56] cyn ei genedigaeth gan adael pum brawd a dwy chwaer, sef David (g. 1756), Anne (g. 1763), Rowland (g. 1765), Ellis (g. 1769), Gwen (g. 1772), John (g. 1774), Robert (g. 1776) a hithau, Jane (g. 1779). Nid yw'n eglur a fagwyd Jane Ellis yng nghartref y teulu yn y Bala. Yn ôl Adysgrifau'r Esgob, bu farw rhyw Jane Davies a'i chladdu ar 1 Hydref 1779, pan oedd Jane Ellis yn saith mis oed, a thybed nad ei mam oedd y Jane Davies honno? Yn ôl safonau'r oes byddai mewn oedran peryglus i esgor ar blentyn – efallai tua 44 oed. Wedi cario 14 plentyn a chladdu cynifer ohonynt, colli Jane (11 mis) ac Edmund (12 oed) o fewn mis i'w gilydd ym Mehefin a Gorffennaf 1776, yr oedd yn fywyd anodd yn gorfforol ac emosiynol.

Priododd Jane Ellis pan oedd yn chwech ar hugain oed, ar 14 Mai 1805.[57] Un o blwyf Llanycil oedd ei chymar cyntaf, sef William Edward; yr oedd yn ŵr gweddw, ac yn labrwr wrth ei alwedigaeth. Ganwyd merch fach iddynt ar 25 Ionawr 1810 a noda'r cofnod bedydd[58] mai yn nhref y Bala yr oedd y teulu'n byw.

---

[55] Bu farw John (bedyddiwyd 17 Gorffennaf 1758), John (bedyddiwyd 25 Gorffennaf 1759), John (bedyddiwyd 7 Rhagfyr 1760), Edmund (bedyddiwyd 12 Tachwedd 1764), a Robert (bedyddiwyd 16 Mawrth 1768).
[56] Bedyddiwyd Jane ar 9 Gorffennaf 1775.
[57] Gw. Cofrestri Plwyf Llanycil yn Archifdy Meirionnydd, Dolgellau; priodasau 1805, rhif 00127.
[58] NPR yn The National Archives RG4/4121; microffilm LlGC Rîl 27/4121 [Mer/1], sef 'Bala, Bethel Chapel, Calvinistic Methodists, births and baptisms 1810–1837'.

Y Parchedig Thomas Charles[59] a fedyddiodd y ferch fach, Jane wrth ei henw, a hynny ar 28 Ionawr. Ond ymddengys na chafodd y ferch fach honno fywyd hir; cofnodir yn Adysgrifau'r Esgob am blwyf Llanycil fod William a Jane Edward wedi bedyddio merch arall o'r enw Jane ar 19 Medi 1813.[60]

Bu William a Jane Edward yn eistedd o dan weinidogaeth Thomas Charles yng nghapel Bethel (yn ddiweddarach Capel Tegid), y Bala, hyd ei farwolaeth yn 1814. Yr oedd y ddau, felly, yn agos i galon enwad y Methodistiaid, ac emynau Jane yn cael eu hystyried yn ddigon da i'w cyhoeddi gyda sêl bendith y brodyr (er bod Thomas Charles ei hun wedi ei gladdu). Er gwaethaf gostyngeiddrwydd rhagair Jane Edward i'w chyhoeddiad yn 1816, mae'n amlwg fod eraill yn ystyried y gwaith yn un safonol. Yr oedd Jane yn Fethodist twymgalon yn 1810.

Cofnodir bod rhyw William Edward a Jane wedi bedyddio merch o'r enw Margaret yn eglwys y plwyf,

---

[59] Arno gw. D. E. Jenkins, *The Life of the Rev. Thomas Charles B.A. of Bala* (3 cyfrol, Denbigh, 1908); R. Tudur Jones, 'Diwylliant Thomas Charles o'r Bala' yn J. E. Caerwyn Williams (gol.), *Ysgrifau Beirniadol IV* (Dinbych, 1969), 98–115; R. Tudur Jones, *Thomas Charles o'r Bala: gwas y Gair a chyfaill cenedl* (Caerdydd, 1979).

[60] Parhaodd y Jane Edward hon yng nghorlan y Methodistiaid yn y Bala. Priododd â Lewis Jones, rhwymwr llyfrau o blwyf Tal-y-llyn, ar 3 Rhagfyr 1833 a hithau'n 20 oed. Y tystion i'r briodas oedd Robert Saunderson Junior ac Elizabeth Hughes. Tybed a yw hynny'n gadarnhad fod tad Jane, sef William Edward, wedi marw erbyn hyn, a Jane (y fam) eisoes wedi priodi John Ellis ac yn byw yn yr Wyddgrug? Cartrefodd Lewis a Jane Jones yn y Bala, a ganwyd iddynt yno fab o'r enw William ar 23 Mawrth 1835, a merch o'r enw Catherine ym mis Rhagfyr 1836, gw. NPR yn The National Archives RG4/4121; microffilm LlGC Rîl 27/4121 [Mer/1], sef 'Bala, Bethel Chapel, Calvinistic Methodists, births and baptisms 1810–1837'.

Llanycil, ar 11 Mawrth 1801, ac mai ar lan y llyn Celyn presennol, ym Mhenbryn-bach ar ochr yr Arennig i'r llyn, yr oedd eu cartref, eto ym mhlwyf Llanycil. Nid yr emynyddes oedd y fam honno, ond gan fod Jane Ellis wedi priodi gŵr gweddw, mae'n rhesymol credu bod gan William Edward blentyn (neu blant) yn dod i'w ail briodas. Nodir yn Adysgrifau'r Esgob am blwyf Llanycil farwolaeth rhyw Jane Edwards yn y Bala ac iddi gael ei chladdu ar 19 Ebrill 1804. Mae'n bosibl mai gwraig gyntaf William Edward oedd y wraig honno, a'i fod wedi priodi ail Jane flwyddyn yn ddiweddarach i fod yn fam (chwech ar hugain oed) i'w blant.

Yn sicr yr oedd gan Jane Ellis ferch o'r enw Elizabeth, gwrthrych ei marwnad ddiwedd Awst 1839, ac mae'n glir mai William Edward, yn hytrach na John Ellis, oedd ei thad. Ni restrir enw Jane Ellis yn y llyfr bedyddiadau sy'n rhestru bedyddiadau Methodistiaid Calfinaidd sir y Fflint 1807–36[61] er y disgwylid hynny os ganwyd plant iddi yn yr Wyddgrug yn ystod y cyfnod hwnnw. Mae'n debyg felly mai yn y Bala y'u ganwyd. Elizabeth yn 1806 pan oedd Jane Edward yn 27 oed; Jane yn 1810 pan oedd Jane Edward yn 31 oed; a Jane arall yn 1813 pan oedd Jane Edward yn 34 oed; ac yr oedd iddi hefyd blant eraill a fu farw.

Tua diwedd ei cherdd farwnad i'w merch Elizabeth, mae Jane Ellis yn awgrymu iddi golli nid yn unig Elizabeth, ond ei bod eisoes wedi colli rhagor o aelodau o'i theulu cynnes:

---

[61] Casgliad CMA/13148 yn Llyfrgell Genedlaethol Cymru.

> Colli 'mhlant a cholli 'nghymar
> A'u gosod yn y ddaear ddu.[62]

Yn wir yr oedd Jane Ellis wedi colli dau gymar erbyn hynny, sef William Edward a John Ellis, ac wedi colli mwy nag un plentyn. Ceir ateg i hynny mewn emyn nodedig sydd, yn hytrach na bod yn emyn yn yr ystyr arferol, yn ei grynswth yn alarnad i'w phlant marw. Go brin y gellid canu'r llinellau a ganlyn yn gynulleidfaol mewn oedfa ar y Sul:

> Rhoddaist imi blant i'w magu,
> Galwaist rai o'r rheini'n ôl;
> Rhoddaist imi le i hyderu
> Eu bod yr awron yn dy gôl.[63]

Mae ail bennill yr emyn hwn yn awgrymu ei bod yn canu am brofedigaeth ddiweddar: 'Cymraist blentyn o fy mynwes, / Rho imi fendith yn ei le.'[64] Canodd yr emyn hwn cyn 1816 (dyddiad cyhoeddi'r emyn am y tro cyntaf), ac felly tra oedd yn briod â William Edward yn y Bala. Cofnodir bod un Jane Edward wedi ei bedyddio yng Nghapel Bethel, y Bala,[65] a nodir yn Adysgrifau'r Esgob am blwyf Llanycil fod un o'r enw Jane Edward wedi ei chladdu ar 6 Chwefror 1806, naw mis ar ôl priodas William Edward a Jane (yr emynydd) ar 14 Mai 1805. Ni nodir oedran y Jane Edward a gladdwyd, ond os plentyn ydoedd, mae'n

---

[62] Gw. 46.77–8.
[63] Gw. 22.1–4.
[64] Gw. 22.9–10.
[65] Gw. CMA EZ1/57/1 yn Llyfrgell Genedlaethol Cymru.

bosibl mai dyma un o'r plant mae'r emynydd yn ei alaru yn yr emyn.

Ymddengys mai plentyn ifanc a gollodd Jane Ellis pan ganodd y llinell 'Cymraist blentyn o fy mynwes'[66] ac mae'r llinellau sy'n dilyn yn awgrymu iddi golli plentyn pan oedd ganddi blant eraill i'w magu, yn wahanol i'r brofedigaeth o golli Elizabeth oedd yn wraig a mam:

> N'ad fi alaru mwy amdano
> Ond rho im gofio'r rhai sy'n fyw.[67]

Sut mae hi'n ymateb i'r farwolaeth hon? Drwy lunio emyn i liniaru'r briw, a hwnnw'n cynnwys gweddi ar Dduw i ganiatáu iddi olwg newydd ar bethau yn lle ei bod yn torri ei chalon. Ni all Jane Ellis wneud dim i newid yr amgylchiadau, ond fe all newid ei hagwedd at yr amgylchiadau hynny:

> Cymraist blentyn o fy mynwes,
> Rho imi fendith yn ei le ...
> Mae gen ti allu i wneuthur hynny,
> Im weld fy ngholled fawr yn fraint.[68]

Nid yw'n wybyddus pa bryd y symudodd y teulu o'r Bala i'r Wyddgrug na beth oedd achos y mudo. Yn wir nid oes prawf dogfennol fod William Edward wedi symud i'r Wyddgrug, ond mae'n deg tybied iddo symud yno i chwilio am waith ac mae'n bosibl mai ef

---

[66] Gw. 22.9.
[67] Gw. 22.17–18.
[68] Gw. 22.9–10, 13–14.

yw'r *William Edwards, Bisstre,* a gladdwyd yn yr Wyddgrug ar 10 Rhagfyr 1826 yn 48 oed. Yn sicr nid yw enw Jane Edward na Jane Ellis yn ymddangos ar restr aelodaeth (a chyfraniadau at yr achos) Capel Bethel, Y Bala, yn y flwyddyn 1830.[69] Ailymddengys Jane Edward yn yr Wyddgrug yn briod â John Ellis,[70] a fu farw yn 1837.

Yna, yn 1840, fe gyhoeddwyd trydydd argraffiad cyfrol Jane Ellis *Casgliad o hymnau, carolau a marwnadau a gyfansoddwyd ar amrywiol achosion.* Beth a barodd iddi gyhoeddi ar yr union adeg hon? Yr oedd Jane Ellis yn wraig weddw yn ei chwedegau cynnar, ac mae'n bosibl iawn mai ymateb i gyfnod o gyni ariannol yn ei hanes a wnaeth wrth gyhoeddi'r gwaith. Yn dilyn marwolaeth penteulu yr oedd yn arferol llunio cerddi a baledi lu i roi gwybod i'r gymuned am y newyddion, ond hefyd er mwyn helpu'r gweddwon yn dilyn y farwolaeth. Fel hyn yr adroddwyd yn y *South Wales Daily News* yn dilyn trychineb Aber-carn ym mis Medi 1878:

> He [Edward Morgan] has versified the entire disaster, and in pointed rhythm has dwelt upon the serious destitution that must inevitably follow, if aid from the benevolent and wealthy is not speedily rendered. The

---

[69] CMA/14956, 'Bethel (Capel Tegid), Bala, List of members and contributions. 1830–41' yn Llyfrgell Genedlaethol Cymru.

[70] Nid ymddengys fod cofnod o'r briodas ar gadw ymhlith cofnodion plwyfol yr Wyddgrug; nid yw'n bosibl eu bod wedi priodi yng nghapel Bethesda yn hytrach nag yn eglwys y plwyf gan nad oedd hynny'n gyfreithlon tan 1837.

poem is in the hands of the printer, and will be sold for the benefit of the sufferers, as well as the widows and orphans of the killed.

Yr oedd Jane Ellis hithau'n wraig weddw pan gyhoeddodd ei chyfrol, a byddai peth o'r arian a geid o'r gwerthiant yn dod iddi hi. Byddai'n ddiddorol gwybod faint oedd pris y gyfrol a pha ganran o'r pris hwnnw a ddeuai i'w phoced. Neu tybed ai dibynnu ar gymdeithas y pererinion yng nghapel Bethesda a wnâi Jane Ellis am ei chynhaliaeth? Gwyddys nad oedd yn wraig i segura, a'i bod yn gwau sanau yn yr Wyddgrug yn 1841, ac mae'n debyg fod ganddi hefyd blant yn yr ardal a fyddai'n cyfrannu at ei chynhaliaeth.

Efallai fod un ystyriaeth arall yn berthnasol i'r drafodaeth hon. Yr oedd Jane Ellis yn byw ym merw diwygiad. Yn 1815 fe fu cyfarfod pregethu nodedig iawn yn nhref yr Wyddgrug, ac fe sbardunodd hwnnw ddiwygiad yn yr ardal. O ganlyniad fe fu'n rhaid i'r Methodistiaid oedd yn cyfarfod yng Nghapel Ponterwyl symud i le mwy, sef i gapel Bethesda, New Street. Parhaodd bywyd ysbrydol yr eglwys i ffynnu, ac mae diwygiad arall yn dod heibio i'r pererinion yn 1840, blwyddyn cyhoeddi'r trydydd argraffiad hwn. Neilltuwyd Gŵyl yr Ystwyll, sef 6 Ionawr 1840, yn ddydd o weddi, er mwyn i bawb fedru gweddïo ar i'r Ysbryd Glân ymweld â Chymru, ac â'r byd. Efallai mai yng ngwres yr Ysbryd y cyhoeddodd hi'r trydydd argraffiad hwn.

Collwyd golwg ar Jane Ellis wedi'r cofnod yng Nghyfrifiad 1841 sy'n nodi ei bod yn byw ar ei phen ei hun yn New Street, yr Wyddgrug. Nid ymddengys ei henw yng Nghyfrifiad 1851 yn New Street, ac nid ymddengys ychwaith yn 'Llyfr Casgliad Wythnosol Eglwys Bethesda, Wyddgrug, 1853',[71] nac o'r flwyddyn honno ymlaen (er bod dwy Jane Ellis arall ar y rhestrau). Claddwyd pedair Jane Ellis yn yr Wyddgrug rhwng 1841 a 1879 (pan fyddai Jane Ellis yn gant oed) ond ar sail oed ac amgylchiadau nid yw unrhyw un o'r pedair tystysgrif farwolaeth hyn yn berthnasol iddi hi.

Beth a ddaeth ohoni? Go brin iddi ddychwelyd i Lanycil; mae'n fwy tebygol ei bod wedi darfod ei hoes yn agos at galon ei theulu a'i chyd-Fethodistiaid yn yr Wyddgrug, yn ei chynefin newydd.

---

[71] Ar gadw yn Archifdy Sir y Fflint, Penarlâg.

EMYNAU: RHAN I

1

Wrth ymaflyd â dy waith
   Ym mhob ryw foddion,
O Iesu, cadw fi ar fy nhaith
   Rhag gau ddibenion;
Dyro im gael pleser mwy
   Yng ngwaith fy Arglwydd;
N'ad im gerdded cam yn hwy
   Heb sancteiddrwydd.

O na fedrwn ganu mawl
   I'r hwn sy'n haeddu,
'R hwn sy'n cynnig inni hawl
   Yn nheyrnas Iesu;
Ond rhoi'n pwysau arno ef
   Ni gawn noddfa
A bod yn etifeddion nef:
   'Haleliwia!'

Gan y twllwch sy ynwy'n bod
   Yr wy'n methu
Canu iddo ddim o'r clod
   Fel mae'n haeddu;
Os ceidw f'ysbryd yn y gwaith
   Gwn y cana'
Pan y delwy' i ben y daith,
   'Haleliwia!'

2

Mae rhyw ofnau yn fy nilyn,
Ofni'n aml tynnu'n ôl,
Ofni nad oes gennyf grefydd
Ond cario lamp fel morwyn ffôl
Ac y byddaf yn y diwedd
Yn gweiddi am olew heb gael dim;
Arglwydd, anfon air o'th enau
Fyddo'n argyhoeddiad im.

Mae anghrediniaeth yn fy nhaeru
Nad y graig sydd dan fy nhroed,
Ac na ches i gyda 'mhroffes
Mo'r gwirionedd eto 'rioed;
Ond mae rhyw ddirgel lais yn galw
Bod Cyfryngwr yn y nef,
Na ddig'lonwy'n wyneb gwendid
Ond pwyso ar ei allu ef.

Y mae arnaf fyrdd o ofnau
Na ddeuaf byth i ben fy nhaith,
A thyna'r man y maent hwy'n tarddu,
Ofn bod Iesu heb ddechrau'i waith;
Ond pe cawn i adnabyddiaeth
Fod fy ysbryd yn ei law
Canu a wnawn yn wyneb ofnau,
'Mi ddo'n iach i'r ochor draw!'

Rwyf yn aml tan y tonnau
Yn methu anadlu tua'r lan,
Ond weithiau'n cael rhyw rym i bwyso
Ar un sy'n rhoddi nerth i'r gwan;

Rwyf yn aml mewn tywyllwch
Yn methu'n glir â gweled gwawr,
Ond weithiau'n cael rhyw radd o 'leuni
32   I weld fod gwyrthiau'r Iesu'n fawr.

3

Mae gennyf achos i'th ryfeddu
Am drugareddau'th aswy law;
O rho im roddion dy ddeheulaw
4   A'm dwg i trwy'r Iorddonen draw;
Er imi gwrdd â myrdd o elynion,
O rai creulon bob yr awr,
Ond cael llechu tan dy adain
8   Mi ddof allan fel y wawr.

Trwy dy waed ti olchaist aflan
Er mor ddued oedd ei liw,
Ti ddychwelaist yr afradlon,
12   Ti gyfodaist feirw'n fyw;
Dyma finnau wedi 'nghlwyfo
Yn greulon gan bicellau'r ddraig
Ac nid oes im feddyginiaeth
16   Ond yn unig Had y Wraig.

O rho im adnabod olew
O dy eiddo'n trin fy nghlwy',
Dyna 'm gwna yn hollol dawel,
20   Nid oes arnaf eisiau mwy
Ond nerth i fyw i'm Harglwydd Iesu
A heddwch erbyn dydd a ddaw;
Deued tonnau o'r man lle delont,
24   Cadw f'ysbryd yn dy law.

4

Wrth edrych ar yr arfaeth fore
Lle trefnwyd ffordd i gadw dyn,
Rhoes Duw ei unig Fab i ddioddef
Poenau miloedd arno'i hun,
Yr wyf yn mynd i fôr o syndod
Wrth edrych ar y cariad mawr:
Synnaf fwy gan mil o weithiau
Os cedwir finnau, llwch y llawr.

Y pridd sy'n dew a'r clai sy'n domlyd
Ar hyd fy llwybrau o ddydd i ddydd,
Chwythed awel o'r uchelder
Yr hon a wna fy nhraed yn rhydd
Fel y delwy' i deithio'n gyflym,
Mae'r gawod frwmstan yn nesáu,
Arglwydd, dyro im ddod yna
Cyn y caffo'r drws ei gau.

5

Rwy'n teithio megis ar fy asyn,
Rwy'n rhodio'n agos iawn i'r llawr,
Y mae hynny ar rai amserau
Yn gwneud i mi ryw feichiau mawr;
Gan bwys fy maich 'r wy'n diffygio,
Iesu hawddgar, cod fy mhen,
Rho im sugno rhyw ddiferyn
O'r pleser sydd tu draw i'r llen.

Nid yw pleserau'r byd presennol,
Pe cawn eu meddu hwynt i gyd,
Ddim yn ddigon, mi debygwn,
I ddigoni'm serch a'm bryd;
Hiraeth grymus am dy gwmni
Wyf yn deimlo tan fy mron,
Rho im nabod dy gymdeithas,
Gwna hynny f'enaid bach yn llon.

Fe fu'r llanciau yn y ffwrnes,
Fe fu Daniel yn y ffau,
Dyma finnau yn y carchar,
Ond eto'th gariad sy'n parhau;
Tor yn chwilfriw faglau'r gelyn
Sydd yn dynion am fy nhraed
A phâr imi ganu'n beraidd
Am y rhinwedd sy'n dy waed.

Rwy'n ochneidio'n awr wrth gofio
Am dywallt gwaed ar Galfari,
Am gael nabod rhyw daenelliad
Yn cyffwrdd â fy ysbryd i;
Fe fyddai hynny'n ddigon gennyf
I fynd trwy stormydd mawr eu grym,
Yn eu gwyneb gallwn ganu
Bod yr Iesu'n gyfaill im.

6

Wrth im deithio trwy'r anialwch
Rwy'n cael clwyf yn fynych iawn
Gan y sarff o bechod aflan
Nad oes ond gwenwyn ynddo'n llawn;

O rho im ffydd i godi 'ngolwg
At un gadd ei ddyrchafu fry,
Fe wnaeth hyn lesâd i filoedd
O rai aflan fel myfi.

Y mae arnaf fyrdd o ofnau,
Ofnau mawrion o bob rhyw,
A thyna'r fan lle maent yn tarddu,
Oddi ar droseddu cyfraith Duw;
Mae hi'n gweiddi yn fy wyneb,
Minnau heb ddim i dalu Iawn,
Ond yr Iesu ar Galfaria
Roddodd iddi daliad llawn.

I dalu dyled pechaduriaid
Arfaethwyd ef cyn seilio'r byd;
Mae ynddo nerth i ddofi'r gyfraith
Tuag ata' i'n llwyr, er maint ei llid;
Fe ddioddefodd ar Galfaria
Nes cadd y ddeddf ei thaliad llawn,
Ac fe wnaeth i'w Dad lefaru
Ei fod wedi derbyn Iawn.

Wrth weld 'leied sy arna' i o ffrwythau
Rwy'n c'wilyddio i raddau maith
Pan elwy' i geisio rhifo'r dyddiau
Rwy mewn enw gyda'th waith;
Megis plentyn yn yr wyddor
Wyf, heb fedru dim yn iawn,
Pryd mae eraill o'm cyfoedion
A'u gwedd yn llon a'u llestri'n llawn.

Os dwedaf pam na bawn i ddoethach,
Wele yn union dyna yw,
Na bawn i'n gofyn yn fanylach
36 Am gael cymorth gan fy Nuw,
Yr hwn sy'n rhoddi yn haelionus
A heb ddannod dim erioed;
Rho nerth i'r waela' dan y nefoedd
40 I ddodi allan air o'th glod.

Mae 'ngelynion yn allanol
Ac yn dufewnol bob yr awr
Bron â chael fy enaid egwan
44 O tan eu traed yn llwyr i lawr;
Nid wy'n teimlo nerth na meder,
Nawr rwy'n ofni colli'r ma's
Oni 'mweli mewn tosturi
48 A fy nerthu trwy dy ras.

7

Wel dyma fi, bechadur mawr,
Fel un yn disgwyl am yr awr,
Am gael un olwg ar dy wedd
4 Cyn imi fynd i byrth y bedd.

Nid ydwyf ond pererin gwael,
Ond hyn o gysur wyf yn gael:
Dy allu mawr a'th nerthol ras
8 All ddod â'm henaid llesg i ma's.

8

    O am nerth i bara'n ffyddlon
    Yn wyneb pob rhyw groes,
    Rwy'n gweled cysur ddigon
4   Yn haeddiant angau loes,
    Ac er ein bod dan gwmwl
    Diau y gwawria'r dydd,
    I'r rhai a bery'n ffyddlon
8   Hwy gânt eu rhoddi'n rhydd.

    O na chawn fwy o hiraeth
    Am wedd ein Priod cu
    Fu yma gynt tan holion,
12   Mae'n awr yn eiriol fry;
    O fewn i'r nef mae heddiw
    Ar ddeau law y Tad,
    I bob pechadur aflan
16   Mae'n cynnig pardwn rhad.

    Mewn byd o demtasiynau,
    O dirion Frenin ne',
    Rho gymorth i eiddilod
20   I sefyll yn eu lle;
    Mae byd a chnawd a Diafol
    O'u blaen fel arfog lu,
    Er gwaetha' rhain hwy safant
24   Ond cael dy gymorth di.

    O annwyl Dad trugarog,
    Rwy'n clywed arnaf chwant
    I gael gen ti wybodaeth
28   Fy mod yn un o'r plant

A gânt fod yn y diwedd
Oll ar dy ddeau law,
Y rhai ni ddaw i'w cyffwrdd
Dros byth na phoen na braw.

'R afradlon, pan ddaeth adref,
Er bod yn crwydro 'mhell
Fe gafodd y wisg orau,
Nid oedd modd cael ei gwell;
Bu'r ddafad yn golledig,
Er hyn i gyd hi 'gaed,
Pwy ŵyr na olchir finnau?
Mae rhinwedd yn ei waed.

9

O na fedrwn gadw'm hysbryd
I fyfyrio pethau'r bywyd,
Ac am boen ein Harglwydd Iesu
Pan oedd ar y pren yn prynu.

Er gorfod yfed cwpan chwerw
Fe fu'n ffyddlon hyd ei farw;
Fe gadd y ddeddf ei chwbl daliad:
Y goron byth fo ar ben ein Ceidwad.

Wrth feddwl am y noswaith rewlyd
Bu'n yr ardd a'i chwys yn waedlyd
Mae fy enaid yn hiraethu
Am gael cymorth i'w was'naethu.

Rwy'n cofio am ei 'madrodd tyner
Pan oedd ei enaid mewn cyfyngder,
Tan lid ei Dad am feiau dynion
Dwedai ei fod yn gwbl foddlon.

10

Wel dyma fore Sabath newydd
'Nôl treulio'n ofer lawer un,
O Arglwydd, dyro gymorth heddiw
I ogoneddu Mab y Dyn;
Mae fe'n Gyfaill dâl ei garu
A rhoddi iddo berffaith glod,
Fe fu ar y pren yn dioddef
Dros fy meiau cyn fy mod.

11

Wrth weld fy nghydgyfeillion
Yn gorfod landio draw
Nid wyf ddim llai na chlywed
O fewn i'm henaid fraw,
Heb wybod yn ddiamau
I ble mae'u 'neidiau'n mynd,
Ond yn yr oriau cyfyng,
O Dduw, bydd imi'n ffrind.

Pan fyddwyf yn wynebu
Yr afon donnog fawr,
O Geidwad, bydd i'm helpu
Rhag imi suddo i lawr,

       Ac oni byddi di ynddi
       I'm dwyn i trwyddi'n llon
       Fe gwymp fy enaid eiddil
16   Yn ffrwd yr afon hon.

       Nid oes i ni ddim meichiau,
       Yr ieuainc mwy na'r hen,
       Cawn deimlo dyrnod angau
20   Pan ddêl ein dyddiau i ben;
       Nis gwyddom pa mor fuan
       Y cawn ein torri i lawr,
       Ond dylem fod yn barod
24   Bob munud yn yr awr.

12

       Tarfedig wyf fi
       Ond Bugail wyt ti,
O dychwel fi eto a gwrando fy nghri,
4   A golcha fi'n wyn
       Yn afon y bryn;
Ti gei y moliant tragwyddol am hyn.

       Un aflan wyf fi
8   Ond ffynnon wyt ti
A'i ffrydiau yn golchi, er cysur i mi;
       O dychwel fi'n awr
       O'r twllwch sydd fawr
12   A dyro im nabod rhyw ronyn o'r wawr.

       Marweiddiad i'm cnawd
       Yw cofio am y Brawd
A fu ar Galfaria tan boeredd a gwawd:
       Ei nabod yn rhan
       A'm cyfyd i'r lan
O ganol fy ofnau, er nad wyf ond gwan.

       Drws y defaid yw fe,
       Ffordd union i'r ne',
Na ad im gymeryd gau noddfa'n ei le;
       O am nabod gwir ffydd
       A'r cariad mawr sydd
Ar bob temtasiynau yn ennill y dydd.

RHAN II

13

O na chawn i nerth i sefyll
Yn llwybrau etifeddion gras,
A chael grym i alw'r Iesu
I'm dwyn o'r anial maith i ma's;
Mae'n gynhaliwr cryf i'r gweiniaid
Ac yn rhoddwr hael i'r tlawd,
Byth ni fedraf gael un cymaint:
Mae yn Frenin ac yn Frawd.

Mae ambell brofedigaeth chwerw
I'w chael gan ddynion yn y byd,
Nid yw'r rhain ond megis heddiw,
'Mhen gronyn bach hwy ânt i gyd;
O am olwg ar y Meddyg
Sy o bob clefyd yn iacháu,
Mae'r sawl a gafodd brofi o'i gariad
Tan bob rhyw groes yn llawenhau.

Rwyf mewn byd o demtasiynau,
Rwyf mewn byd o wagedd cas,
O Dduw, rho imi nerth i deithio
Nes mynd i'r wlad sy'n llawn o ras;
Y mae ynot ras digonol
I gadw'r gwaela' o ddynol-ryw,
Pechadur wyf rhy wan i deithio
Os na chaf gymorth gan fy Nuw.

Wrth im rodio ar hyd y ddaear
A gweld gwaith yr Arglwydd nef,
Yn wir yr wyf yn gorfod tystio
Nad oes gyffelyb iddo ef;
Wrth edrych ar y greadigaeth
Rwy'n gweld ei allu ef yn fawr,
Ond mwy yw'r syndod iddo godi
Dyn oedd wedi syrthio i lawr.

14

Mi welaf mai un graslon
Yw tirion Frenin ne',
Rwy'n methu gweld cyffelyb
Mewn unman iddo fe;
Yn wyneb pob rhyw wendid
Mae fe'n cyhoeddi ma's
Fod digon i gredadun
O rinwedd yn ei ras.

Mae'n hamser yma'n darfod
Fel gwlith o flaen yr haul,
Y mae hi'n bryd ymofyn
Am haeddiant Adda'r ail;
Does neb ond ef ei hunan
All wneud ein rhwymau'n rhydd,
O cyrchwn bawb tuag ato
Cyn myned heibio'r dydd.

Mae'r nos yn dod yn fuan,
Am ddal ein henaid gwan,
Am hynny nawr ymdrechwn
I geisio mynd i'r lan;

I'r gweiniaid mae Brawd cadarn
Yn eiriol yn y nef,
A'r gwannaf sy'n 'wyllysio
Gaiff gymorth ganddo ef.

15

Nid ydwyf fi ond eiddil gwan,
Ond digon yw fy Nuw i'm rhan;
Trwy haeddiant mawr ei gariad gwir
Fe'm dwg yn iach o'r anial dir.

Er cael blinderau yn y byd
A themtasiynau blin o hyd,
Er gorfod mynd drwy boen a braw
Dihangol fyddaf yn dy law.

16

Er cymell inni roddi
'N haelodau'n ebyrth byw,
Sanctaidd a chymeradwy
Ym mhur wasanaeth Duw,
Rhai cyndyn a gwrthnysig
Mae'r Arglwydd yn ein cael,
Er hyn mae'n anfon eilwaith
Genhadon at rai gwael.

Mae gormod o gydffurfiad
Yn f'agwedd i â'r byd,
O na chawn ymnewidio
I 'mado â hwynt i gyd

       Fel gallwyf ddod i ddeall
       Perffaith ewyllys Duw,
       Fe fyddai hynny'n ddigon
16   O gymorth imi fyw.

       Yn llawen gan obeithio,
       A'm gobaith yn fy Nuw,
       Dioddefgar mewn cystuddiau
20   Os ynddynt rhaid 'mi fyw,
       Yn ddyfal mewn gweddïau,
       Am godi'm serch a'm bryd,
       Na fyddwyf byth yn foddlon
24   Heb gael y trysor drud.

17

       Bydd newydd ryfeddodau
       Yn nydd y cyfrif mawr,
       Pan fyddo'r haul yn duo
4   A'r sêr yn syrthio i lawr;
       Bydd dŵr y môr yn berwi
       A'r byd yn llosgi o dân,
       Pryd hyn bydd tylwyth Seion
8   Yn seinio peraidd gân.

       Fe fydd yr annuwiolion
       Ag arnynt olwg drist
       Yn gorfod dod â'u cyfrif
12   I wyddfod Iesu Grist;
       Fe fydd eu gliniau'n crynu
       A'u gwyneb fydd yn ddu,
       Rhyfeddaf byth heb ballu
16   Os gwell y gwelir fi.

Digofaint Duw a ddisgyn
Ar yr annuwiol rai,
Cydwybod wedi deffro
20   A honno'n coffa'r bai,
Wrth hynny aiff yn danllwyth,
Rhyfeddol fydd y loes,
Rhy hwyr i weiddi am gymorth
24   Trwy haeddiant gwaed y groes.

O deuwch bawb i'r unman
A dyma fyddo'n cri,
Am Iesu Grist ei hunan
28   Yn Frenin arnom ni;
Rho'th nabod yn Offeiriad
I aberthu tros ein bai,
A rho inni nerth i'th garu
32   Nas gallwn wneuthur llai.

18

Y mae fy enaid eiddil
Yn trwm ochneidio'n drist,
Yn teimlo 'nghalon gyfan
4   Wrth goffa am ddryllio Crist:
O pam na byddai dagrau
Yn llifo ar hyd y llawr
Fel y bu gwaed fy Arglwydd
8   O'r chwech i'r nawfed awr?

Mae arnaf chwant i ddiolch
Tra fyddwyf ar y llawr
Am wledda gyda'r Eglwys
12   Sydd yn y tywydd mawr;

Er bod y tonnau'n gryfion
Rwyf yn hyderu'n wan
Y caf fi nerth i 'hedeg
Ar adain ffydd i'r lan.

19

Nid cael nefoedd wedi marw
Yw'm holl ddymuniad ar fy nghân,
Ond cael ysbryd pur i'th foli
A 'mado â phob drygioni'n lân;
Nid un pleser ar y ddaear
Wna'n y diwedd, ond y boen
Os na chaf fi ymbleseru
Yng ngwasanaeth Duw a'r Oen.

O sugna 'meddwl bob yn ronyn
I ddod i 'mddiried ynot ti,
A gado'n ôl bob rhyw eilunod
Sy'n awr yn concro f'ysbryd i;
Rwy wedi gadael iddynt lechu
Yn fy mynwes lawer pryd
Ac nid oes dim a'u cliria ymaith
Ond golwg ar dy haeddiant drud.

Os caf gymorth i'th was'naethu
Tra bwy'r ochor hyn i'r bedd
Mi wn y bydda i 'mhlith y teulu
Sy'r ochor draw yn hardd eu gwedd
Heb frycheuyn na dim crychni
Na'r cyffelyb arnaf fi,
Ond seinio 'Hosanna! Haleliwia!'
O glod i'r Oen fu ar Galfari.

Am nerth i ddiolch rwy'n hiraethu
Fod Bugail i'r tarfedig rai,
A'i fod yn Frawd i eiriol trostynt,
28   A'i fod yn Dad i faddau'u bai,
A'i fod yn Ysbryd Glân i roddi
Nerth i'r gwan i ddod ymlaen;
Yn ei law yr un ni syrthiodd
32   Mewn ystormydd dŵr na thân.

20

Rwyf yn teimlo rhyw gystuddiau
Yn taro'n fynych ar fy nghnawd,
A'm hysbryd hefyd sy'n gystuddiol
4   Pan gollwyf wedd fy annwyl Frawd;
Rwy'n cael pleser ambell funud
Wrth gofio'r wledd sy'n nhŷ fy Nhad
Pan ddêl plant afradlon adref:
8   Pwy ŵyr na chaf fi wir iachâd?

Rwyf yn teimlo rhyw gystuddiau
Wrth im ddringo creigiau serth;
Yn fy nghystudd rwy'n gwynebu
12   At Breswylydd mawr y berth
Gan weiddi, 'Rho imi nerth i sefyll,
Yr wyf bron ar ben fy nhaith!'
Hefyd rho imi nerth i gredu
16   Mai dy foli fydd fy ngwaith.

Tra bûm i'n rhodio mewn gwastadedd
Crwydro wnes oddi wrth fy Nhad
Nes imi fynd fel yr afradlon
20   I anial pell o dir fy ngwlad;

Ar ôl newynu rwy'n hiraethu
Am gael nerth i ddod yn ôl;
N'ad im orffwys byth yn unman
24   Heb ddod yna i dy gôl.

21

Dacw Adda yn yr ardd
   Mewn cyflwr sanctaidd,
Ond wele gwymp ei goron hardd
4   A dechrau camwedd;
Anghofio wnaeth orchymyn Duw
   A choelio Satan,
Ac felly syrthiodd dynol-ryw
8   I gyd i'r unman.

Er inni syrthio oll i'r llawr,
   Ffordd a drefnwyd
I gyfodi tyrfa fawr
12   I dir bywyd,
Ac er mwyn cyflawni hyn
   Daeth y Meichia'
I farw ar Galfaria fryn
16   Dros y dyrfa.

22

Rhoddaist imi blant i'w magu,
Galwaist rai o'r rheini'n ôl;
Rhoddaist imi le i hyderu
4   Eu bod yr awron yn dy gôl;

Dyro im eto nerth i rodio
Heb ddiffygio tra fwyf byw;
Cadw fi yma a'm bryd yn bennaf
Am gael rhyngu bodd fy Nuw.

Cymraist blentyn o fy mynwes,
Rho imi fendith yn ei le;
Yn wyneb pob rhyw brofedigaeth
Rho'th adnabod, Frenin ne';
Mae gen ti allu i wneuthur hynny,
Im weld fy ngholled fawr yn fraint,
Yn lle bod yma 'ngwlad y pechu
I fod yn un o deulu'r saint.

N'ad fi alaru mwy amdano
Ond rho im gofio'r rhai sy'n fyw;
Rho im hynny wrth eu magu,
Eu dwyn i fyny'n ofon Duw
Trwy roi siamplau da o'u blaenau
A rhodio'n addas yn fy lle,
A'u rhybuddio'n fynych, fynych
Rhag sathru deddfau Brenin ne'.

23

Mae fy enaid bron llewygu
Mewn rhyw ddyffryn tywyll du,
O Arglwydd, chwâl y tew gymylau
Sydd rhyngwy' a gwedd dy wyneb cu;
Rwyf wedi tynnu, trwy droseddu,
Ryw orchudd rhyngwyf a dy wedd,
Nid oes a'm cliria heb gael haeddiant
Yr addfwyn Oen fu'n dranc i'r bedd.

Rwyf yn ofni ar rai prydiau
Fod angau yn fy ngwasgu 'mlaen,
Ac nad wyf ond megis soflyn
12   O flaen Duw sy'n ysol dân,
Ac yn yr olwg wael, druenus
Wyf yn weled arnai'm hun
Mi welaf olwg ogoneddus
16   Ar Ganol-ŵr rhwng Duw a dyn.

Rwy'n methu ochneidio na gweddïo,
O fy mlaen mae'r ffordd yn cau,
Ond dyna'r gair sy'n gysur gennyf:
20   Os mynni, ti elli fy nglanhau;
Does genny'r awron ond distewi,
Yr wyf yn methu ar bob tu,
P'un bynnag wnei, ai maddau ai damnio,
24   Bendigedig fyddi di.

24

Er bod angau wedi 'mygwth
Rwyf wedi 'ngado'r flwyddyn hon,
Arglwydd, dyro'th bresenoldeb
4   A'm cwyd i'n awr yn uwch na'r don;
Cadw orchwyl ar fy ysbryd
Fel y delwy' i weld yn glir
Nad wyt debyg i'r ffigysbren
8   Ydoedd yn diffrwytho'r tir.

Rwyf yn ofni gan fy ngwywdra
Nad wyf ond hedyn ar y graig
Ac na chefais mewn gwirionedd
12   Erioed adnabod Had y Wraig;

        Ond os felly rwyf hyd heddiw,
        Diolch byth, mae eto le!
        Fe gadd miloedd o rai aflan
16   Eu cannu'n wynion ganddo fe.

        Nid gronyn llai mo'i rinwedd eto
        Na'r awr y bu fe'n dwyn ei groes,
        Y mae miloedd o fendithion
20   Yn stôr yn haeddiant angau loes;
        O na chawn i nerth i roddi
        'Mhwysau'n hollol ar y Gŵr
        Ddeuai i'm cynnal trwy'r Iorddonen
24   Ac a dorrai rym y dŵr.

25

        Mi wn na ddylwn anfoddloni,
        I ragluniaethau'm tynnu lawr,
        Ond mi ddylwn drwm alaru
4   Am bechu'n erbyn Duw mor fawr;
        Arglwydd, rho im nerth i garu
        A gogoneddu'r Gŵr a'm gwnaeth,
        Ac wrth ddarllen dy efengyl
8   Rho im sugno mêl a llaeth.

        Pan fo Rhagluniaeth arna' i'n gwgu,
        Yn haeddiant Iesu gwelaf le
        I droi fy wyneb am gysuron
12   Yn union at ei orsedd e'
        Dan weiddi, 'Dyro im fendithion
        Sydd yn angen arna' i'n awr;
        N'ad im roddi dim o'm hyder
16   Ar drysorau gwael y llawr.'

                    Mae gennyt drysor mwy dymunol
                    I'w gyfrannu i dy saint;
                    'Sawl sy'n gofyn sydd yn derbyn,
20   Dyro imi weld y fraint
                    O gael ymostwng wrth dy orsedd,
                    Nid oes arnaf eisiau mwy
                    Ond gweiddi, 'Maddau'r holl anwiredd,
24   Ti gefaist Iawn trwy farwol glwy'.'

26

Rhyw faich o euogrwydd du
Wyf yn ei deimlo'n awr
O achos rhodio'n groes
4   I ddeddf y Brenin mawr;
Hiraethu'r wyf am nerth i ddod
I fedru rhodio er ei glod.

27

Wrth edrych ar fy llwybrau
Lle rhodiais ddyddiau hir
Rwyf yn cael yn y rheini
4   Le i ddigalonni'n glir;
Pan gaffwyf godi 'ngolwg
I ben Calfaria fryn
Mi welaf afon yno
8   A'i ffrydiau'n golchi'n wyn.

28

Mae fy nyddiau bron â darfod,
Dyro im gydnabod hyn
A rho imi sicrwydd cyn fy myned
4 Fod undeb rhyngwy' ag Iesu gwyn;
Er gorfod mynd i'r afon donnog
Ond cael gafael arno e'
Er gwaetha'r gelyn mwyaf creulon
8 Fe'm dwg i'r lan mewn hyfryd le.

29

Er imi gael fy nghladdu
Gan frodyr a chan fyd
Rwyf eto'n rhyw hyderu
4 Y dof i'r lan rhyw bryd;
Nid yw fy sail i'n gorffwys
Ar ddim o'm gwaith fy hun,
Ond bywyd a marwolaeth
8 A wisgodd natur dyn.

RHAN III

30

Er c'leted yw fy nghalon
  Af ymlaen, af ymlaen,
At orsedd Brenin Seion
  Af ymlaen;
Am fod 'fath Iesu hynod
Mae'n rym i'r gwan i ddyfod
I 'mofyn am y cymod,
  Af ymlaen, af ymlaen,
Ar sail y gwir gyfamod
  Af ymlaen.

Rwy'n ymladd â'm gelynion
  Ar y maes, ar y maes,
Oddi allan mae rhai creulon
  Ar y maes;
Pan 'drychwyf mewn i'm calon
Mae yno rai mwy creulon
Am wneud fy mrad yn union
  Ar y maes, ar y maes,
Mi waedda' am nerth yn eon
  Ar y maes.

O Gyfaill pechaduriaid
  Rho im ffydd, rho im ffydd,
Mae modd i olchi f'enaid,
  Rho im ffydd

I gredu y dystiolaeth
Am drefn yr Iachawdwriaeth:
Fe dalodd Brawd yn helaeth,
   Rho im ffydd, rho im ffydd
I gredu yn yr Aberth
   Rho im ffydd.

31

Wrth feddwl am wynebu'r glyn
Sy ymhen draw dyffryn f'oes,
Heb olwg ar dy haeddiant di
Mae f'enaid i mewn loes.

Rwy'n ofni cael fy ngwasgu i lawr
Gan faich o euogrwydd cas
I le na welaf byth un wawr
Na chynnig ar dy ras.

Pa fodd y bydd wynebu Duw
Wedi im fyw mewn bai
Ar ôl im fynych glywed sôn
Am afon sydd ddi-drai?

Ond eto heb gredu yn yr Iawn
A dalwyd ar y groes
Fe fydd yno'r llid yn llawn:
Nis gallaf draethu'r loes.

32

Rwyf yn clywed fod gorffwysfa
Eto'n ôl i bobl Dduw,
A bod heddwch i'w gyhoeddi
I'r sawl sy'n caru ei gyfraith wiw;
Ond wrth droi'n ôl i chwilio'r fynwes
'D wy'n cael ond llygredd ynddi'n llawn:
Os caf gymorth mi ddiolchaf
Am Oen Calfaria i dalu'r Iawn.

Rhoddi heibio gleddau'r Ysbryd
Barodd imi golled fawr:
Mae 'ngelynion mwyaf creulon
Wedi codi eu pennau'n awr;
Rwyf wedi colli ysbryd gweddi,
Ysbryd gwylio 'giliodd draw,
Mae'r tywyllwch i'm hamgylchu,
Rwy'n ofni fod rhyw ddrwg gerllaw.

Dyro imi gymorth newydd
Nes im daflu 'maich i lawr
Ac i ymdrechu gyda'r Angel
Nes y gwelwyf dorri'r wawr:
Tywynned arna' i 'th bresenoldeb
(Pa le mae disgleirdeb mwy?)
Nes im roi fy hun yn hollol
I'r hwn ddioddefodd farwol glwy'.

Dyma'r Gŵr a wnawd yn bechod
I glirio natur dynol-ryw!
Edrychwch, gwelwch 'fath ryfeddod,
Ein gwneuthur ni'n gyfiawnder Duw!

Caw'd Tri Pherson glân mewn undeb,
Ac fe agorwyd ffordd mor ddoeth,
Fe gaw'd dyfroedd pur i'm golchi
32   A sanctaidd wisg i wisgo'r noeth.

33

Y penillion isod a gyfansoddwyd pan oedd clefyd yn y tŷ

Beth yw'r wialen wyf yn deimlo
A phwy sydd i'w hordeinio hi?
Ai gwialen ydyw i'm ceryddu
4   Am ryw feiau sy ynof fi?
Pa un ai dangos Craig yr Oesoedd
Lle cadd miloedd sylfaen gref,
Ac ar Galfaria ddangos Iesu
8   Wedi llwyr foddloni'r nef?

Mae rhyw ddadl yn fy mynwes
Am y clefyd sy'n fy nhŷ;
Mae un yn haeru fod Duw'n gwgu
12   Am ryw feiau sy ynof fi,
A'r llall yn gweiddi, 'Grym i ddioddef
Yn y tonnau ronyn bach',
Mai clefyd ydyw i fy mhrofi
16   Cyn fy ngwneud yn gwbl iach.

Mae un yn haeru nad oes gennyf
Ddim ond lamp heb olew pur,
A'r llall yn haeru nad oes gennyf
20   Ddim a'm deil yn wyneb cur;

Ond presenoldeb Duw ei hunan
Dyrr y ddadl yn y fan:
Golwg arno wna imi gredu
24 Fod yr Iesu imi'n rhan.

34

Rhyfeddod fawr oedd gweld y Duwdod
Yn dod i lawr mewn natur dyn;
Agorodd ffordd i fyrdd gael cymod
4 Trwy gyfrif pechod arno ei hun;
Boddloni'r nef, a rhoi anrhydedd
I gyfiawnder a wnaeth e';
O na allwn roi gogoniant
8 Am ei haeddiant iddo fe.

35

Tra bwyf yma dyfroedd Mara
Sy'n fy ffiol i o hyd:
Pren fy Nuw a'u gwiw bereiddia,
4 Iesu yw'm cysur oll i gyd;
Er bod f'enaid mewn caethiwed
Rwy'n ei weled ef yn wyn;
Pam rwy'n ofni? Cyfaill ydyw
8 Fydd yn glynu yn y glyn.

Hiraethu rwyf am gael fy ngolchi
A fy nghannu fel y gwlân,
Hiraethu mwy am weld y bore
12 Caf fynd at fy Mhriod glân;

Caf yno syllu ar y Person
Gymrodd arno natur dyn,
A gweled miloedd yn llawn moliant
Yn ei haeddiant ef ei hun.

Rhyfeddu wnaf, a mawr ryfeddu,
A hynny i oesoedd rif y gwlith,
Os gwelir finnau wedi 'ngwisgo
Yn hardd yno yn eu plith;
Seiniaf glod am ben Calfaria
Lle bu'r glorian fawr yn troi,
Pan lefarwyd gair 'Gorffennwyd!'
Mae fy mywyd wedi ei gloi.

36

Mi fûm yn teithio dyffryn Baca
Ac yn teimlo sychder mawr,
Ond wrth gloddio'n ddyfal yno
Daeth defnynnau o'r nef i lawr;
Mi ges yfed yn fy syched
Cyn i'm henaid golli'r dydd
Trwy'r addewid fod ein Bywyd
I'r diffygiol yn rhoi ffydd.

Aml gystuddiau, blinion groesau
Sydd i'm cwrddyd ar fy nhaith;
Rho dy ras i ddifa'm llygredd
A'm gwnaeth mor oeraidd gyda'th waith;
Rho imi ysbryd adnewyddol
I fyw'n grefyddol ddyddiau f'oes,
A rho ffydd i'm dal i fyny
Rhag gwargrymu dan y groes.

37

    Rwyf yn teimlo 'nghof yn pallu
    A'm deall sydd yn fychan iawn,
    A dyddiau f'oes yn myned heibio
4   A'm llestr i eto heb fod yn llawn;
    Arglwydd, dyro'r olew grasol
    I'm goleuo yn y glyn;
    Gwisga'm henaid â'th gyfiawnder
8   Sydd yn ddisglair, glân a gwyn.

    Os caf hynny rwy'n boddloni
    I ado ar ôl y wisg o gnawd
    A myned i orwedd i ystafell
12   Heb un cyfaill, chwaer na brawd;
    Rho imi fodd i weiddi 'Concwest!'
    A heb ofni brwydr mwy,
    Ond canu clod i Awdur Bywyd
16   Heb na chlefyd byth, na chlwy'.

    Rwyf yn mynd i deithio llwybr
    Na ddychwelaf byth yn ôl;
    O gafael ar y Cyfaill hyfryd
20   I'm cymeryd yn ei gôl;
    Mae fy enaid mewn gorthrymder
    Wrth weld y dyfnder sy'n y dŵr,
    Nid oes dim a'm gwna yn dawel
24   Ond gafael ar y Canol-ŵr.

    Chwâl gymylau cysgod angau
    Â dy bresenoldeb glân,
    A dwg fi i fyny i blith y teulu
28   Na fydd diwedd ar eu cân;

Nid oes yno neb yn wylo
Ond cofio eu Priod fu ar y pren,
Cydaddoli heb neb yn ofni
Yw gwaith y llu tu draw i'r llen.

38

Grawnsypiau'r wlad sydd felys iawn
Ac arnynt cawn ymborthi;
Y wledd sy'n barod, bwrdd sy'n llawn,
Am hyn awn tuag ati.

Gan weiddi, 'Iesu, moes dy law
A thyn fi draw o'r drysni!'
I'r Ganaan rad fy enaid rhed,
Mae'r dyled wedi ei dalu.

39

Y puraf un yn bechod wnaed
Er cyfiawnhad pechadur;
Iawn gan ein Meichiau gwiw a gaed
A'i waed yw sail ein cysur.

MYFYRDOD

40
Darluniad tri Christion o'r angau a ddewisent

    Rwyf yn fynych yn myfyrio
    Am yr awr rhaid imi 'mado,
    A gado ar ôl berthnasau cnawdol
4   Wrth hedfan draw i'r byd tragwyddol.

    Gado 'nôl yr hen gyfeillion
    Sydd yn annwyl fydd yn union;
    Mewn cyfyng awr bydd pawb yn cefnu,
8   'Does gyfaill ffyddlon ond yr Iesu.

    Pan ddelo'r amser imi 'mado
    Mae fy enaid yn dymuno
    Cael peidio dioddef hirfaith gystudd
12   Ond mynd i'r nef o'm poen yn ebrwydd.

    Nawr a'm brodyr yn ymddiddan
    Am berl sydd well nag aur nac arian,
    Yna ar adain ffydd ymgodi
16   I'r wlad rwy'n tynnu nawr tuag ati.

*

    Dymunwn innau fod yn barod
    A goddef cystudd am ddeng niwrnod,
    Ac wylo edifeirwch dibrin
20   Am fy meiau o flaen fy Mrenin.

   Rwy'n gweld fy meiau yn aneiri'
   A hynny'n peri im ddigalonni;
   Teimlo rwyf fy nerth yn pallu
24 A'm synhwyrau bron ymddrysu.

   Nid wy'n ofni loesion angau
   Ond ofni edrych ar y biliau:
   O na chawn i rym i gredu
28 Mai fy Meichiau ydyw'r Iesu.

   Na ad fi'n hir o dan y cwmwl
   Ond rho imi olwg ar Eiriolwr;
   Dros bechadur mae e'n pledio
32 A chladdu bai mewn môr o ango'.

   Yr addfwyn Oen fu yn y preseb,
   Rho imi gael o'th bresenoldeb;
   Mi ddymunwn gael dy freichiau
36 Oddi tanaf yn y tonnau.

   Cofio'i ddwylo pur dan hoelion
   Sy'n malurio 'nghaled galon,
   Ond cofio ei ddod o'i fedd i fyny
40 Sy'n fy nerthu i orfoleddu.

      *

   Dymunwn innau gael hir gystudd
   A blodeuo fel almonwydd,
   Disgwyl wrth ei borth mewn 'mynedd
44 Ac yno brofi o'i haelionwedd.

　　　　Rhoi hynny'n gordial i'm cyfeillion
　　　　Sy'n dringo fry dros riwiau geirwon
　　　　I ddod ymlaen heb ddigaloni;
48　　　Mae yma olew yn diferu.

　　　　Er bod yr afon yn ymchwyddo
　　　　Mi welaf f'Archoffeiriad yno
　　　　A ddeil fy mhen uwch brig y tonnau,
52　　　'Mhen gronyn bach fe wawria'r borau.

　　　　Mi wela'r porthladd teg, dymunol
　　　　Sydd ar ororau'r Ganaan nefol;
　　　　Glanio wnawn ar fyr yn llawen,
56　　　Un galluog yw ein Cadben.

　　　　Ffydd a gobaith yn gweithredu,
　　　　A'r cariad pur ddaeth oddi fyny
　　　　Yw'r hwylbrennau ar fy llestr:
60　　　Byth ni suddaf yn y dyfnder.

　　　　Cawn weld y Brenin ar ei orsedd
　　　　Yng nghanol myrdd o blant trugaredd,
　　　　A chyda'r dyrfa cydaddolwn
64　　　Ef, a rhin ei ras adroddwn.

MARWNADAU

41

Marwnad ar ôl Mr Robert Jones, pregethwr gyda'r Trefnyddion Calfinaidd yn yr Wyddgrug, gynt o Ddinbych

'Y cyfiawn fydd byth mewn coffadwriaeth'

  Trwm yw'r galar rwy'n ei deimlo
  Ar ôl fy mrawd sydd wedi huno;
  'Hedeg wnaeth i'r byd tragwyddol
4 A gado yma ar ôl ei bobol.

  Fel perarogl oedd e'n yr Eglwys,
  O hyd a'i rediad i Baradwys;
  Wrth gofio ei ddoniau a'i ymddiddanion
8 Rwy'n teimlo hiraeth ar fy nghalon.

  Ceryddu wnâi yr afreolus
  A chodi'r gweiniaid yn ofalus
  Trwy ddangos grym yr addewidion
12 A dweud fod haeddiant Crist yn ddigon.

  Mae wedi bod yn gyfaill ffyddlon
  A gwneuthur sgil i godi Ysgolion;
  Trafaeliodd lawer ar y Saboth
16 A gwnaeth ei ran i ddysgu'r annoeth.

I'w feib dymunaf yn eu bywyd
Gael yn llawn ddau barth o'i ysbryd:
Dawn pregethu ac ysbryd gweddi
20   Fyddo'n dilyn yn ei deulu.

Trwm, heb gellwair, oedd ei golli,
Rwy'n gweld ei le fe heb ei lenwi;
O Dduw, rho ysbryd i'n bugeiliaid
24   I ofalu am borthi'r defaid.

Tueddol ydym oll i grwydro,
Rho iddynt galon i'n bugeilio
A'n rhwymo i gyd mewn rhwymyn cariad
28   Hyd y diwedd heb 'madawiad.

Cadw ni rhag gwreiddyn chwer'der,
Mae hwn wrth dyfu'n llygru llawer;
Rho in gydafael yn y rhaffau
32   A gweiddi, 'Tyn ni maes o'r tonnau!'

Robert Jones sydd wedi 'mado,
'Does gennyf mwyach ond ei gofio;
Bu raid im gilio i ffordd mewn galar
36   Wrth weld rhoi 'gorff ef yn y ddaear.

O cofia'i annwyl wraig a'i feibion
A gafodd golled am un tirion;
Ar ôl gweddïo a'u cynghori
40   Mae'i gorffyn tawel wedi tewi.

Coelio rwyf fi fod ei ysbryd
Wedi cyrraedd gwlad y gwynfyd
Lle na ddaw na phoen na gofid
44   Ond tragwyddoldeb digyfnewid.

Yn lle iechyd fe gadd gystudd
Cyn cyrraedd bryn Caersalem newydd;
Llawenu rwyf wrth gofio'r borau
48 Y cadd e lan yr afon angau.

Rwy'n dychmygu gweld angylion
Wedi dod i lan yr afon
I'w nôl ef adref at ei Briod
52 Wedi ei buro oddi wrth ei sorod.

Mae yno seintiau ac angylion
A phawb am roddi lawr ei goron
Wrth weled coron y gogoniant
56 A myrdd mewn heddwch yn ei haeddiant.

Fy annwyl frodyr nid rhaid inni,
Er colli ein brawd, mo'r digalonni;
Mae Brawd yn fyw fu gynt yn farw,
60 Fe'n cynnal ni yn y tywydd garw.

O am nerth i weiddi'n eon,
'Ar ei ben ef byddo'r goron!'
Fe wnaeth waith ar ben Calfaria
64 Sy'n destun canu 'Haleliwia!'

42

Marwnad ar ôl Mr Dafydd Jones, Pwll Melyn, hynafgwr nodedig mewn duwioldeb ar yr hwn y syrthiodd yr odyn galch ac a'i lladdodd

Clywais newydd trwm, galarus,
Ac o'i herwydd rwy'n ofidus,
Am frawd annwyl ddygwyd adrau
4 Mewn cerbyd tanllyd er ys dyddiau.

Nid yn unig yn y moddion
Roedd e'n agweddu megis Cristion,
Ond ym mhob man er clod i'r Iesu
8 Cadw wnaeth ei wisg heb lygru.

Er 'weddi beraidd yn y borau
Fe ddaeth brenin dychryniadau
A'i daro wnaeth â'i saeth heb arbed
12 Nes gwahanu ei gorff a'i enaid.

Pan oedd ein brawd a'i gnawd yn rhostio
Fe gadd gymorth i weddïo
A gweld drwy ffydd fod Iesu'n eiriol;
16 Yng ngolau dydd aeth at ei bobol.

Ar fryn Caersalem, os edrycha,
Ca' weld pob croes fu ar ei siwrna
Megis brychau wedi eu chwalu
20 Trwy fywyd pur ac angau Iesu.

Mae'n awr yn diolch am y driniaeth
Gyda chwmni glân a pherffaith;
Clod i'r Oen fu ar Galfaria
24   Mewn peraidd sain, a phur 'Hosanna!'.

Rwy'n teimlo hiraeth ar fy nghalon
Am ei weled yn y moddion;
Wrth droi fy ngolwg tua'r grisiau
28   Ni allaf lai na cholli dagrau.

Lle bu yn gwrando geiriau melys
A'i 'Amen' yn orfoleddus
Mae'n awr yn gorwedd yn y grafel
32   Wedi darfod poen ei drafel.

Pan fo'r utgorn mawr yn canu
A'r meirw o'u beddau'n dod i fyny
Fe fydd Dafydd Jones yn dyfod
36   I fyny o'i fedd ar wedd ei Briod.

Fe fydd yn dod gan gario palmwydd
A'i wisg fel ôd, er clod i'w Arglwydd;
Mae fy enaid yn hiraethu
40   Am gael modd i gydaddoli.

Wrth fyfyrio ar dragwyddoldeb
Rwyf fi'n gweled fy ffolineb,
Heb wybod dim, rwyf yn cyfaddau,
44   Am y byd tu draw i angau.

Rwy'n dychmygu gweld yr Iesu
A llu o 'ngylion yn ei addoli,
A'i goron euraidd yn disgleirio,
48   A phawb o'r saint yn diolch iddo.

Roedd Dafydd yma a'i gân yn felys,
Mae fe'n awr yn orfoleddus
Heb ddim pechod yn ei flino,
52   Wedi ei olchi yn lân oddi wrtho.

Yr hen bererin gadd fynd adrau
O sŵn y byd a'i holl gystuddiau;
'Nôl teithio'r glyn a chael goleuni
56   I groesi'r ffrwd, aeth at broffwydi.

I wlad o hedd a gwledd o addoli,
Nid oes un claf ymysg y cwmni,
Wedi eu mendio o bob rhyw glefyd
60   Trwy rinweddau pren y bywyd.

Mae'r angylion yn cydbyncio
Am eu cadw fry rhag syrthio
Wrth weld rhai eraill mewn cadwynau
64   Ag oedd gyda hwy'n y dechrau.

Uwch fydd cân y saint, rwy'n barnu,
Am eu galw ac am eu golchi
Ac am gyfiawnder y Meseia:
68   Dyna destun 'Haleliwia!'

Wrth feddwl am breswylfa'r Drindod
Suddo'r wyf mewn môr o syndod,
Ac yn rhy floesg i ddweud amdani
72   Rwy'n gweld mai doethach imi dewi.

43

Galarnad: Meddwl hiraethus uwchben y difrod a achlysurid drwy doriad llifeiriant cryf i Waith Glo Plas yr Argoed, gerllaw yr Wyddgrug, swydd Fflint, ar y 10fed o Fai, 1837, drwy yr hyn y bu farw un ar hugain o ddynion

       Beth yw'r cynnwrf mawr a'r wylo
       Sy'n ein hardal ni bob dydd?
       Wrth imi edrych draw ac yma
4   Mi wela' bawb o'r bron yn brudd;
       Un yn wylo am ei phlentyn
       Ac un arall am ei gŵr
       A'r llall yn gweiddi am frawd neu gyfaill
8   Sydd yn y 'stafell gyda'r dŵr.

       Y Gŵr a gaeodd ddrws arch Noa
       Gaeodd arnynt, amlwg yw;
       Ymhen tri diwrnod fe'i hagorodd
12   Ac fe gadwodd ddeg yn fyw.
       Un ar hugain gadd eu galw
       I fynd o flaen ei orsedd bur,
       Credu rwy fod rhai o'r rheini
16   Mewn noddfa glyd yn canu'n glir.

       Maent wedi gadael y dystiolaeth
       Fod yn eu lamp hwy olew pur
       A'r enaid bach ehedai adref
20   O'r corff a flinid gan aml gur;
       Hwy gawsant weled y Meseia
       Fu ar Galfaria un prynhawn
       Ac ar ei wedd eu llwyr ddigoni
24   A llenwi o'i hedd eu llestri'n llawn.

O gyfeillion yr holl ardal,
Nesawn yn ddyfal iawn at Dduw
Gan blygu'n isel wrth ei orsedd
Am faddau camwedd rhai sy'n fyw,
A chofio'u teulu rhag iddynt ddrysu,
Rhoi iddynt nerth i gario'r groes,
A chael eu plannu 'ngwinllan Iesu
A'i was'naethu ddyddiau'u hoes.

Boneddigion a'r gwŷr mawrion,
Gwna hwythau'n union yr un nod:
Maent eleni, am eu 'lusenni,
Wedi haeddu helaeth glod;
O Awdur Bywyd, dod dy Ysbryd
'N arweinydd hyfryd iddynt hwy
I wneud eu cartref gyda'th bobl
A'u cuddio yn dy farwol glwy'.

Yn y penillion isod mae yr awdures yn crybwyll enwau rhai o'i brodyr hoff, rhodiad gwastadol y rhai oedd yn dangos i ba wlad yr oeddynt yn ymdaith: ac nid yw ei bod wedi esgeuluso enwi eraill yn un prawf nad yw yn coledd meddyliau tyner amdanynt hwythau.

Fe gadd angau genadwri
I ddod i winllan Duw i dorri;
Rhyw brennau iraidd, llawn o flodau
Sydd wedi bod yn nod i'w saethau.

Roedd Thomas Jones yn rhodio'n weddus,
Am waith yr Arglwydd yn ofalus,
Yn ddyfal iawn ym mhob rhyw foddion,
Ac ym mhob man ymddygai'n dirion.

Roedd e'n gweddïo hwyr a borau
A mynych iawn mewn dirgel fannau;
Taer a fyddai wrth yr orsedd
Am nerth i bara hyd y diwedd.

Cwynfan wrthyf byddai'n wastad
Mai isel oedd o ran ei brofiad,
Ond dwys ddisgwyliai am ymweliad
'Gael golwg eglur ar ei Geidwad.

Yr oedd pob peth yn dangos inni
Ei fod e'n impyn wedi'i blannu
Yn yr Eglwys filwriaethus,
A'i golli oddi yno sy'n alarus.

Colled fawr sydd yn ei deulu,
A'r Ysgol Sul sydd yn galaru;
Pan fo cyfarfod i weddïo
Ni chawn mwy ei weled yno.

Dan y ddaear fe weddïai
Pan oedd yn agos iawn i angau
Gyda'r plant oedd yn ei gwmni,
A ledio pennill iddynt ganu.

Rwy'n methu peidio â dychmygu
Am y modd yr aeth e i fyny,
Fod angel sanctaidd fry'n ei ledio
A phyrth y nef yn agor iddo.

William Williams, gyfaill tirion,
Oedd yn agos at fy nghalon;
Ces bur ddiddanwch yn ei gwmni
Wrth ymddiddan am yr Iesu.

Cyfarfod olaf bu'n gweddïo,
Nid â ar fyr ei weddi yn ango';
Taer bledio roedd, a methu tewi,
80　　　Nes cael gwlith y fendith drwyddi.

Yn ei ieuenctid cadd fynd adrau
O sŵn y byd a'i holl gystuddiau;
Ar ei ôl rwyf innau'n tynnu,
84　　　O am undeb gwir â Iesu.

Galaru rwyf am Robert Owen
Wrth gofio ei gyfarchiad llawen;
Yn lle gwrando dan y pulpud
88　　　Mae wedi cyrraedd gwlad y gwynfyd.

Ei dystiolaeth ef yn angau
Fod ei lamp yn para yn olau
Sydd gysur cryf i'w annwyl frodyr
92　　　I ymwroli yn y frwydr.

Yn lle galaru am gyfeillion
Dysg ni, O Dduw, ddefnyddio'r moddion
Sydd fel pibellau'n cludo'n helaeth
96　　　O olew pur yr Iachawdwriaeth.

44

Marwnad o goffadwriaeth am y diweddar John Ellis,
aelod gyda'r Trefnyddion Calfinaidd yn yr Wyddgrug,
sef priod yr awdures, yr hwn a fu farw
Tachwedd 5, 1837

Tôn: 'Diniweidrwydd'

    Mae fy nghalon i mewn galar
    Wedi colli Cydmar cu,
    Na cha' i weled mwy ohono
4   Dim ond cofio am a fu;
    Cydymdeithio wnaem i'r moddion,
    Weithiau'r dydd ac weithiau'r nos,
    Ac ymddiddan 'nôl dod adre
8   Am rinweddau gwaed y groes;
    Nawr rwy'n profi'r loes o'i golli,
    Fe gadd glwy' gan angau a'i gledd;
    Fi sydd yma'n rhodio'n bruddaidd
12   Ac yntau'n gorwedd yn ei fedd!

    Ond dyna'r man rwyf yn tawelu
    Pan gofiwyf am ei sylfaen gref,
    Nad oedd dim ond haeddiant Iesu
16   Yn gweini cysur iddo ef;
    Hiraeth mawr am fyned adre
    Oedd ei gŵyn pan oedd e'n fyw,
    A chofio'n aml am yr afon
20   Sy â'i ffrydiau'n llonni dinas Duw;
    Sylfaenu'r oedd ar y dystiolaeth
    Sydd yn helaeth ei mwynhad,
    A llawenhau wrth ddweud fod Iesu
24   Wedi llwyr foddloni'r Tad.

'Pechadur wyf heb radd o rinwedd
Ond disgwyl wrth drugaredd rad,
Trwy rinwedd hon rwy yn hyderu
28 Y caf fi lwyr feddiannu'r wlad
A chael moli gyda'r miloedd
A ragflaenodd arnom ni
Sy'n awr yn seinio'r beraidd anthem
32 O glod i'r Oen fu ar Galfari;
Er i mi ragflaenu ychydig
A'th ado'n unig yna'n awr,
Credu rwyf cawn gydfoliannu
36 Gyda'r Iesu uwch y llawr.'

Gofynnais iddo'r diwrnod olaf
Ai isel oedd ei feddwl e
Ac yntau'n gweld fod, dros ei bobol,
40 Iesu'n eiriol yn y ne?
Ei ateb oedd, 'Nid wyf yn medru
Â gweithredu ar ddim yn iawn,
Ac eto gweld mai'r un yw Iesu
44 A bod ei drysor ef yn llawn;
Mae ef yn ddigon yn yr afon,
Fe ddeil fy mhen i uwch y dŵr,
Nid rhaid im ofni loesion angau
48 A'm pwysau ar y Canol-ŵr.'

Edrych arno yn ei loesau
Oedd i 'nheimladau i'n rhoi clwy',
A gweld fy mod yn mynd i'w golli,
52 Na chawn o'i gwmni ddim yn hwy,
Cefais gymorth uwchnaturiol
A nerth i sefyll yn fy lle
I beidio dwedyd dim yn ynfyd
56 Yn erbyn trefniad Brenin ne';

　　　　　Er iddo fynd â'm hannwyl briod
　　　　　A'm gado'n unig yma i fyw,
　　　　　Mi ddywedaf megis Eli,
60　　　　'Gwnaed a fynno, f'Arglwydd yw.'

　　　　　Er chwerwed oedd y loes i'w theimlo
　　　　　Wrth ffarwelio gyda'm gŵr,
　　　　　Rwy'n credu fod yr Archoffeiriad
64　　　　Wedi torri grym y dŵr;
　　　　　A'i freichiau tyner oddi tano
　　　　　Nes ei ddwyn i deyrnas nef
　　　　　[...
68　　　　　　　　　　　　　　　...]
　　　　　Lle mae'r Brenin ar ei orsedd
　　　　　A'r goron euraidd ar ei ben,
　　　　　A phawb o'r saint fu mewn caethiwed
72　　　　Yn cael ei weled heb un llen.

　　　　　Eu cyrff a godir ar ei ddelw
　　　　　A heb ofni marw mwy,
　　　　　Ond llawenhau mewn byd tragwyddol
76　　　　A chanu am ei farwol glwy';
　　　　　Canu am goncwest pen Calfaria
　　　　　A'r gair 'Gorffennwyd!' ar y bryn,
　　　　　A'r gyfraith wedi ei llwyr foddloni,
80　　　　Modd i olchi y dua'n wyn,
　　　　　Ac wedi concro pob rhyw elyn
　　　　　A'u cyfarfu is y rhod,
　　　　　A chyd-deyrnasu gyda'r Iesu
84　　　　Ac yn ei gwmni ganu ei glod.

          Ni fedraf yma byth amgyffred
          Grym y cariad sy'n eu mawl
          Wedi profi blas maddeuant
88   Ac yn ei haeddiant gleimio'u hawl;
          Seinio 'Hosanna! Haleliwia!'
          Gyda gwych angylion nef;
          Ni bydd diwedd ar eu moliant
92   A rhoi'r gogoniant iddo ef,
          Yr hwn a'u prynodd ac a'u golchodd
          Ac a'u cadwodd trwy ei ras
          I bara'n ffyddlon hyd y diwedd
96   A chuddio'n llwyr eu llygredd cas.

          Bendithia di y weinidogaeth
          I'w hiliogaeth ym mhob lle,
          A dwg ein plant o'u dwfn gaethiwed
100   I dy nodded, Frenin ne';
          Dyro iddynt gael meddiannu
          Crefydd bur a ddalio dân,
          Tywallt arnynt o'th drugaredd
104   O dy sanctaidd Ysbryd Glân
          Fel byddont yn golofnau cedyrn
          Yn dy dŷ tra ar y llawr,
          Ac wedi gado'r fuchedd yma
108   Cael uno fry â'r dyrfa fawr.

45
Marwnad a gyfansoddwyd ar farwolaeth Elizabeth Pierce, Wyddgrug, yr hon a fu farw Rhagfyr 21ain, 1838, yn 42 mlwydd oed

Tôn: 'Diniweidrwydd'

    Beth yw'r newydd trwm sy'n seinio
    Yn fy nghlustiau eto'n awr?
    Parth o'r wlad sydd yn ochneidio
4   Ac yn y dref mae galar mawr;
    Colli annwyl fam a phriod
    Oedd yn hynod iawn mewn hedd;
    Er galaru, cheir mo'i chwmni,
8   Aeth gyda'i babi 'lawr i'r bedd!

    Ei hannwyl briod sy'n galaru
    Wrth gofio amdani nos a dydd,
    Er ei cholli eto'n credu
12   Iddi ffoi ar adain ffydd;
    Ei ffydd yn awr a drodd yn olwg
    A'i gobaith hyfryd yn fwynhad,
    A chariad perffaith wedi'i llenwi
16   Roddwyd iddi gan y Tad.

    Betty Pierce, fy ffrind anwyla',
    Sydd wedi gado'r byd a'i boen,
    Mae heddiw o gyrraedd unrhyw drallod
20   Yn seinio clod i'r addfwyn Oen,
    Yr hwn a'i daliodd yn y dyfroedd
    Rhag iddynt lifo dros ei phen
    Nes cael y porthladd yn ddymunol
24   I uno â'r llu o fewn i'r llen.

Arglwydd, dyro nerth i'w phriod
Yn lle galaru ar ôl ei wraig
I gloddio'n ddyfal nes cael gwybod
Fod ei sylfaen ar y graig,
A'i bod hi'n golofn gref i'w gynnal
I deithio 'mlaen trwy anial maith,
Nerth i redeg nes cael gafael
Ar un a'i deil ar ben ei daith.

Addfwyn dyner yn ei hamser
Heb ynddi chwerwder, llid, na chas,
Ond ymhyfrydu yng nghrefydd Iesu
A mynychu gorsedd gras;
Rhodiai'n addas i ei phroffes
A chalon gynnes at y Gŵr
Yr hwn yn angau a'i daliodd hithau
Er mor llym oedd grym y dŵr.

Dwyn ei phlant i fyny'n fwynaidd
Mewn ysbryd llariaidd ym mhob lle;
Dwys ochneidio a thaer weddïo
Am iddynt rodio llwybrau'r ne';
Rhoddi siamplau da o'u blaenau
Oedd ei nod hi ddyddiau'i hoes,
Yn lle trafferthu roedd yn deisyfu
Am nerth i gredu yng ngwaed y groes.

Ni chaf yma mwy ei chwmni,
Ni chaf yma weld ei gwedd;
Rwyf yn deisyfu cael ei chwmni
Yn y byd tu draw i'r bedd,
A chael yno gydfoliannu
Yr addfwyn Iesu fu ar y groes;
'Nôl gado'r byd a'i holl ofidiau
Bydd melys cofio angau loes.

       Ar ei hôl rwyf innau'n teithio,
       Yn prysuro'n gyflym iawn;
       Ni byddaf yma nemor bellach,
60   Fe aeth arna' i'n hwyr brynhawn;
       Ar fyr bydd edau frau fy einioes
       Wedi dirwyn oll i ben:
       O am gael fy ngwneud yn barod,
64   Doed angau mwy pan ddêl. Amen.

46

Galargan a gyfansoddwyd ar farwolaeth
Elizabeth Jones, merch yr awdures

       O fy ngeneth, ti ddihengaist
       Ac a'm gadewaist ar dy ôl!
       Rwy'n hyderu bod yr Iesu
4   Wedi'th gyrchu yn ei gôl
       Uwchlaw'r byd a'i orthrymderau
       Lle dioddefaist lawer loes
       I blith y teulu sy'n moliannu
8   Yr hwn fu'n gwaedu ar y groes.

       'O fy mam, fu annwyl imi
       Pan yr oeddwn yna'n byw,
       Cymrwch ofal wrth alaru
12   Rhag troseddu'n erbyn Duw;
       Edrychwch ar ei ddoeth ddibenion,
       Mae'n Farnwr union yn y ne',
       A boddloni'n lle galaru
16   Am yr hyn a gymrodd le.

O na welech Dad 'r amddifaid
A chofio ei addewidion pur
A rhoi hwy'n aml yn ei ofal,
20   Efe a'u cynnal ym mhob cur,
A chofio hynny wrth eu magu,
Eu dwyn i fyny yn ofn Duw
A rhoddi esiamplau da o'u blaenau
24   Rhag sathru ei ddeddfau tra bônt byw.'

Fy annwyl eneth, mae 'nheimladau
'N cael eu clwyfo'n fynych iawn
Wrth edrych ar dy blant amddifaid
28   Sydd yma a'u llygaid bach yn llawn,
A'th annwyl briod yn ochneidio
Er iddo weld ei waith yn ffôl
A'i ddagrau'n hidlo wrth dy gofio,
32   Na ddoi di eto byth yn ôl.

O na allwn i gael gwybod
Pa fodd roedd arnat yn [y] glyn,
Pan ddaeth angau i'th gyrchu di adre
36   Roedd ei afael ef yn dynn;
Curo wnaeth a gwasgu'n galed
Nes i'th enaid bach gael ffoi,
A gwneud dy gorff yn hollol barod
40   Yn y beddrod pridd i'w roi.

'Roedd gennyf gwmni pur ddymunol
Yr addfwyn Oen fu'n gwisgo cnawd,
Ac er dyfned oedd yr afon
44   Fe fu imi'n ffyddlon Frawd;
Ffydd a gobaith a'm cynhaliodd
Tra bûm yn nwylo brenin braw,
Ond cariad perffaith Cyfaill penna'
48   Ddaeth gyda mi i'r ochr draw.'

　　　　　Wele, bellach mi debygwn
　　　　　Dy fod yn beraidd iawn dy gân
　　　　　Gyda'r miloedd sydd yn moli,
52　　　　A phawb o'r rheini a'u gwisg yn lân
　　　　　Yn canu am goncwest pen Calfaria
　　　　　Lle bod mewn brwydr g'leta erioed;
　　　　　Cadd Iesu fuddugoliaeth gyfan
56　　　　Ac a roes Satan dan ei droed.

　　　　　'Mi wn na fedrwch mo'r dychmygu
　　　　　Tra boch chwi'r ochr yna i'r bedd
　　　　　Mo'r llawenydd wy'n ei brofi:
60　　　　Mae pawb o'r teulu ar ei wedd,
　　　　　A gwaed yr Oen fu ar Galfaria
　　　　　Wedi eu clirio oddi wrth bob bai,
　　　　　Nawr yn gwledda ar ei gariad
64　　　　Sydd yn afon heb ddim trai.'

　　　　　Wele, bellach rwyf yn ffarwelio
　　　　　Â phob pleser is y rhod,
　　　　　Mae fy enaid yn ocheneidio
68　　　　Am gael rhodio er ei glod;
　　　　　O dyro o'th Ysbryd Glân i'm harwain
　　　　　I fyned trwy yr anialwch maith,
　　　　　A grym i gario'r groes yn dawel
72　　　　Nes fy nwyn i ben y daith.

　　　　　Os rhaid yfed dyfroedd Mara,
　　　　　Cadw 'ngolwg i ar y pren
　　　　　Sydd yn pereiddio y pethau chwerwa'
76　　　　A'm cyferfydd is y nen;
　　　　　Colli 'mhlant a cholli 'nghymar
　　　　　A'u gosod yn y ddaear ddu,
　　　　　Nid oes dim a'm gwna yn dawel
80　　　　Ond cael gafael arnat ti.

Dymuna' i'r rhan sy'n ôl o f'amser
I gael pob llwybr wedi'i gau
Fel nad elwyf ar ôl pleser
84 Ond yn unig dy fwynhau;
Edrych i'r cyfamod bore
Wnâi y Tad mewn cariad llawn,
A gweld ein Brawd yn croesi'r biliau
88 Ar Galfaria wrth dalu'r Iawn.

Pan gaffwyf radd o olwg arno
Rwy'n anghofio'r byd o'r bron,
Ond rhyw awel bach o groes ragluniaeth
92 A'm teifl i eilwaith dan y don;
Dysg fi i gredu dy addewidion,
Gwna hynny gadarnhau fy ffydd,
Os rhaid mynd trwy rhyw donnau geirwon
96 Y caf fi nerth yn ôl y dydd.

47

Marwnad o goffadwriaeth am y diweddar
Mr Robert Humphreys, Wyddgrug

Fy annwyl frawd a hedodd adrau
O sŵn y byd a'i orthrymderau;
Mae'n awr ar fryn Caersalem newydd
4 Wedi gado gwlad y cystudd.

Fe fu yma dan y tonnau
A'i gorff yn aml mewn cystuddiau;
Roedd ei enaid, rwyf yn credu,
8 Mewn cymdeithas gyda'r Iesu.

Yn yr ysgol bu yn llafurio,
Ni gawsom golled fawr amdano;
Wrth gofio'i addysg a'i weddïau
12 Ni fedrwn lai na cholli dagrau.

Colled fawr sydd yn ei deulu,
Ei wraig a'i blant sydd yn galaru;
Wedi colli tad a phriod
16 Mae cwlwm natur wedi datod.

Yn eu trallod mi a'u cynghora'
I godi golwg i Galfaria,
A thrwy ffydd i 'maflyd yn y Priod
20 Na chaiff y cwlwm byth mo'i ddatod.

CAROLAU

48
Carol Nadolig ar y dôn a elwir 'Diniweidrwydd'

  Dyma unig ddydd Nadolig
  Inni gofio'r Meddyg mawr,
  Pan adawodd deulu'r nefoedd
4 A dod i flwch o lwch i lawr;
  Roedd o'r dechreuad mewn dyrchafiad
  Uwch angylion pur y ne',
  Ond fe gymrodd 'fath ostyngiad
8 Nes dod fel dafad i'n deddf-le.

  Fe aeth dynol-ryw mor isel
  Yn yr ardd, trwy'r codwm mawr,
  Nad oedd modd i'w cael i fyny
12 Yn holl drysorau daear lawr;
  Ond yn y dwyrain gwelwyd seren,
  Caw'd ym Methlem Fachgen bach,
  Ceir gweld miloedd o'r Cenhedloedd
16 Trwy'i rinweddol waed yn iach.

  Yng nghyflawnder mawr yr amser
  Iesu'n dyner ddaeth i'n byd,
  O Fethlem Jwda i Galfaria
20 Triniad chwerw a gadd o hyd;

Rhow'd iddo finegr a bustl
Wrth dalu'r gwystl ar y groes;
Gogoniant byth i'n Brenin tyner,
24 Dioddefodd lawer math ar loes.

Fe gadd yfed y gwpanaid,
Er ei chwerwed, trwy fawr chwys;
Ni chadd Iesu ond prin godi,
28 Na chadd ei gyrchu 'mewn i'r llys;
Bu o flaen Pilat dan drwm holiad
A'i daro'n drwyad' oddi draw,
A'i gyfeillion annwyl, union,
32 Oedd yn bruddion iawn mewn braw.

Pan oedd Pedr yn ei wadu
Parhaodd Iesu i garu'n bur;
Fe weddïodd dros elynion
36 Dan yr hoelion duon dur;
Er ei chwipio drwy'r heolydd
(Dioddefodd beunydd dan y boen)
A chadw ei enau heb agoryd,
40 Fe'i harweiniwyd fel yr oen.

Wrth gofio sanctaidd ben ein T'wysog
Dan goron bigog yn ein lle
Mae fy enaid yn hiraethu
44 Am gael canu iddo fe;
Ysgrifen-law yr ordinhadau,
Yr hon oedd gynt i'n herbyn ni,
Fe'i cymerodd ac a'i hoeliodd
48 Wrth y groes ar Galfari.

Trist yw yma, ond mi wela'
Ben Calfaria, clywaf floedd,
Y gyfraith wedi'i llwyr foddloni
52 A'r Tad yn gweiddi hynny ar goedd;
Pan oedd ef yn cuddio'i wyneb
Llef a glywyd is y nen,
Ond fe glyw'd y gair 'Gorffennwyd!'
56 Cyn i'm Bywyd grymu'i ben!

Cofio'r ffynnon sydd yn felys
Agorwyd yn ei ystlys ef
I olchi'r aflan adyn diras
60 A'i wneud yn addas i fynd i'r nef;
Rhyfeddod mwyaf o'r rhyfeddodau
Weld yn diodde' wir Fab Duw
I wneud ein llwybr yn ddirwystr:
64 Dyma gysur, eglur yw.

O na allem roi'r gogoniant,
A hynny'n wastad yr un wedd,
I Grist am ddiodde' pwys ein beiau
68 Nes mynd trwy boenau i waelod bedd,
Ac ar ôl hynny ei atgyfodi
A'i dra-dyrchafu, felly fu;
Cyn ei symud rhoes addewid
72 Y d'ai'r Diddanydd atom ni.

Nawr mae'n eiriol dros ei bobl
Yn ei nefol gartref clyd
Nes eu caffael byth o afael
76 Holl elynion gwael y byd;
Yn y diwedd daw mewn mawredd
Ar ei orsedd, fel eu Pen:
Gwneuthur llawer eto o'u nifer
80 Mewn da amser fo. Amen.

49
Carol Plygain i'w chanu ar y dôn a elwir 'Old Derby'

    O caned trigolion yr hollfyd,
    Daeth newydd tra hyfryd i'n gwlad
    Am Faban pur, sanctaidd a anwyd,
4   Fe'i cafwyd trwy Ysbryd y Tad;
    Daeth Duwdod i wisgo dynoliaeth,
    Gwnaeth arni mor helaeth ei ôl;
    Trwy Adda yn Eden hi gollwyd,
8   Trwy Iesu fe'i 'nillwyd hi'n ôl.

    Wrth drefnu cael meichia' i droseddwyr
    Tri Pherson gydseiniodd y swydd,
    Ni thalai ond T'wysog y bywyd,
12   Am hynny fe'i rhoddwyd yn rhwydd;
    'Nôl dyfod cyflawnder yr amser
    Mab bychan a aned o Fair,
    Rhyfeddod a bery'n ddiddarfod,
16   Gwnawd dyndod yn unol â'r Gair!

    Fe ganodd angylion y nefoedd
    Ryw fore ar doriad y dydd
    Wrth weled gostyngiad ein Ceidwad
20   I wneuthur ein rhwymau yn rhydd.
    O n'allem gydganu trwy gredu
    Fod ffynnon i'n golchi ni 'gyd
    Trwy boenau ein Brenin a'n prynodd:
24   Dioddefodd nes lladdodd e'r llid.

    Dioddefodd yng ngardd Gethsemane
    Nes chwysu defnynnau o waed;
    Pan gododd i 'mweld â'i gyfeillion,
28   'N lle gwylio, yn cysgu fe'u caed;

Fe yfodd waelodion y cwpan
I wneuthur ewyllys y Tad,
A'i gefn oedd dan gwysau tra hirion
Wrth wneud i rai caethion ryddhad.

Daeth ato lu mawr o Iddewon,
A Jwdas anffyddlon i'w ffrind,
I fyny cymerwyd yr Iesu,
At Pilat i'w farnu cadd fynd,
Ac yno fe'i bwriwyd i farw,
Fe boerwyd i'w wyneb pur, glân,
A'i bobl i gyd a'i gadawodd
A Phedr a'i gwadodd yn lân.

Gelynion a'i gwisgodd â phorffor,
Plygasant eu gliniau mewn gwawd:
Rhyfeddol na welid ein dagrau
Wrth gofio mawr boenau ein Brawd;
'Nôl myned i fynydd Calfaria
Fe'i hoeliwyd yn greulon ar groes,
A'i Dad ef a guddiodd ei wyneb
Pan ydoedd yn nyfnder ei loes.

Er cymaint ein dyled fe'i talodd
A'n biliau a groesodd â'i waed,
O'i wirfodd boddlonodd y gyfraith,
Ni gawsom dystiolaeth y Tad;
O'r golwg fe giliodd pob gelyn
Pan sigodd ef gorun y ddraig,
Daeth Joseff i'w geisio i'w gladdu,
Bedd newydd a naddwyd o'r graig.

Gogoniant! Ail fore cyfododd,
Ar angau fe gafodd y dydd;
Ar sylfaen yr Iawn mae fe'n eiriol
60   Nes cael ei holl bobl yn rhydd;
Mae'n danfon Diddanydd i'w gwylio
I ganol gorthrymder y byd,
Daw eilwaith i'w galw i'r gwynfyd:
64   Anghofiant eu gofid i gyd.

Mewn cariad cânt ganu'n oes oesoedd
I'w Brenin a'u prynodd mewn pryd,
Eu t'lynau mewn hwyliau mor helaeth
68   Am drefn Iachawdwriaeth i gyd;
Wrth gofio am y Drindod bur, sanctaidd
Arfaethodd 'fath fawredd i fod
Rwy'n teimlo fy hun yn hiraethu
72   Na fedrwn i glymu iddo glod.

Daw miloedd o'i ddeiliaid yn ddilys
I wneuthur ei Fglwys yn llawn;
Os cawn ninnau gyrraedd Paradwys
76   Rhyw le gorfoleddus a gawn;
A melys fydd cofio ein golchi,
A'n gwneuthur mewn undeb â'r Pen,
Cawn nofio mewn hedd yn ei haeddiant:
80   Gogoniant a moliant! Amen.

50
Carol Newydd i'w chanu ar y dôn 'Duw Gadwo'r Brenin'

    O deued pob Cristion, cewch gennyf gysuron,
    Cydganwn o galon i gyd
    O glod i'r Mab bychan fu ar liniau Mair wiwlan,
4   Daeth Duwdod mewn baban i'r byd;
    O ddyfnder rhyfeddod! O drefen y Duwdod!
    Tragwyddol gyfamod a fu!
    I agor ffordd rasol i achub ei bobl
8   'Mostyngodd Duw freiniol oedd fry:
    'Mostyngodd mor isel dan wreiddyn ein llygredd
    Nes dyfod a'i agwedd fel gwas;
    Er llwyted y llety, er gwaeled y gwely,
12 Fe anwyd yr Iesu trwy ras.

    Pan anwyd y Bachgen mor siriol fu'r seren,
    Daeth doethion o'r dwyrain cyn dydd;
    'Nôl gair y proffwydi hwy gawsant yr Iesu
16 Yn Geidwad i'n rhoddi ni'n rhydd.
    Ond Herod annhirion, y gelyn o galon,
    Ac ymddwyn yn greulon a wnaeth:
    Ow! mamau'r babanod, fe'u drylliwyd gan drallod
20 Wrth ddioddef trwy syndod y saeth;
    Er maint ei elyniaeth yr oedd trefn Iachawdwriaeth
    A'i gallu yn fwy helaeth o hyd;
    Er cymaint o gynnwrf fwriadai'r hen fradwr
24 Byw eto yw Barnwr y byd.

    Ni fedraf mewn geiriau fyth draethu mo'i wyrthiau,
    Rhy fychain yw doniau pob dyn,
    Na'r seintiau sydd uchod, yn gwbl rwy'n gweled
28 Neb ond y Duw hynod ei hun.

Roedd mab y wraig weddw ar elor yn farw,
Fe 'mwelodd â hwnnw mewn hedd,
Fe'i cododd i fyny, i'w fam cadd ei roddi
32   Yn lle mynd i bydru mewn bedd.
Bryd arall trwy wyrthiau'n troi'r dŵr yn win gorau,
Pam byddwn ni a'n bronnau mor brudd?
Rhown arno ein pwysau, er mynd i nos angau
36   Cawn olau fel haul hanner dydd.

Wrth gofio am ei loesau yng ngardd Ge'semane
Pwy galon na ddrylliai yn ddwy?
Er chwerwed y cwpan fe'i hyfodd ei hunan:
40   Yn lle'r aflan, un glân aeth dan glwy'.
Daeth llu o Iddewon o dwllwch fel deillion,
Ei gymryd yn union a wnaed;
Fe'i dygwyd o deirgwaith i'w holi'n dra helaeth,
44   Dim achos marwolaeth ni chaed;
Ond fel roedd yn Feichiau, deffro wnâi'r cleddau
A'i enaid hyd angau trist oedd,
Ein pechod yn pwyso, a Duw yn ymguddio,
48   Gan faint oedd yn flino rhoes floedd.

Fe waeddodd 'Gorffennwyd!' a'n dyled a dalwyd
A'n biliau ni a groeswyd gan Grist;
Llawenydd fydd eto, a moliant fydd iddo
52   Gan filoedd wrth gofio'r awr drist.
Pan ddelo fe â'i Eglwys i'r buredig Baradwys
Ei foli fe'n felys a fydd;
Fe ddaw â'i blant adrau o'r moroedd a'r beddau,
56   Oddi ar angau fe'u rhoddir hwy'n rhydd.
Wrth gofio llawenydd sy 'Nghaersalem newydd
Anghofio rwy 'nghystudd yn awr,
Rwy ynddo'n ymddiried, fe'm dwg o'r caethiwed,
60   Hiraethaf am weled y wawr.

　　　　　Rhown glod yn dragywydd, daeth hanes ein Harglwydd
　　　　　Mewn Testament Newydd i ni;
　　　　　Mae seintiau, angylion, ceriwbiaid 'run moddion,
64　　　　Yn moli'r Iôr cyfion, Dduw Tri;
　　　　　Dymunwn o galon gael meddu'r un moddion
　　　　　I foli Duw'n ffyddlon drwy ffydd.
　　　　　O dyro inni adnabod, er camwedd, fod cymod
68　　　　Trwy'n Priod cyn darfod ein dydd,
　　　　　I glirio ein heuogrwydd sy'n boen inni beunydd;
　　　　　Ein Llywydd o tu draw i'r llen,
　　　　　Mae hedd yn ei haeddiant, rhoi iddo'r gogoniant
72　　　　Mae miloedd mewn moliant. Amen.

51

Carol Plygain i'w chanu ar y dôn a elwir 'Old Derby'

　　　　Dynoliaeth a grewyd mor loyw,
　　　　Yn meddu ar ddelw'r pur Dduw;
　　　　Yn wryw ac yn fenyw fe'u crewyd,
4　　　 'Ngardd Eden gosodwyd hwy i fyw,
　　　　Yn meddu ar berffaith sancteiddrwydd,
　　　　A Duw oedd yn llywydd i'r lle,
　　　　Yn rhodio 'ngoleuni ei wyneb
8　　　 Mewn purdeb ac undeb ag e'.

　　　　Yn fuan daeth Satan i'w temtio,
　　　　Mor greulon oedd dyfais y ddraig,
　　　　Ac yno 'mosododd e'n gyntaf
12　　　Ar y llestr oedd wannaf, sef gwraig;
　　　　Fe daerodd y byddent fel duwiau
　　　　Nes dallodd eu llygaid â llen,
　　　　Trwy wenwyn y gelyn hi goeliodd,
16　　　Ymostyngodd nes profodd hi o'r pren.

Gwnaed hi yno'n offeryn mor hynod,
Hi dynnodd ei phriod i lawr:
Hi roddodd, ac yntau gymerodd,
20   Nes syrthiodd – a'u cwymp a fu fawr;
Ac yna ei lygaid agorodd
A gwelodd mor noethlwm yr aeth;
Cyfiawnder a waeddodd i'w erbyn
24   Ac arno mawr ddychryn a ddaeth.

A ninnau fel deilen gydsyrthiodd,
A'n cyflwr mor isel ei le
Nad oedd trwy holl gyrrau'r gre'digaeth
28   Byth obaith cael myned i'r ne';
Ond diolch am dragwyddol gariad,
Cyfamod o newydd a wnawd,
Addawyd d'ai Person pur, sanctaidd,
32   Mor isel â'i wisgo mewn cnawd.

Cyflawnwyd y proffwydoliaethau,
Caw'd morwyn yn feichiog, sef Mair,
A phan ddaeth cyflawnder yr amser
36   Gwnaed popeth gogyfer â'r Gair;
Wrth fyned i Fethlem i'w trethu
Cadd esgor mewn llety tylawd
(Rhyfeddod na welwyd ei eilun!)
40   Cadd feithrin ei Brenin a'i Brawd.

Fe dyfodd i fyny mewn dyndod,
A Duwdod oedd ynddo fe'n llawn,
Wrth edrych ei lwybrau mor hynod,
44   A'i fawredd, rhyfeddod a gawn;

Â 'chydig y porthodd e' filoedd,
Newynog rai lluoedd wnâi'n llawn,
Iachâi wywedigion a deillion
48 A chleifion – ei ail ef ni chawn.

Fe gododd e' Lasarus o'i feddrod,
Rhyw wyrthiau pur hynod oedd hyn,
Daeth llawer o feirwon i fyny,
52 Gwnaed hynny ni gredu'n ddi-gryn;
Er dyfned yw'r codwm 'rŷm ni ynddo
Mae moddion i'n puro yn y Pen:
Er amled yw'r beiau yn ei bobl
56 Mae'n eiriol o'r tu mewn i'r llen.

Pan gofiwyf am Berson o'r Drindod
Yn dyfod a'i agwedd fel gwas,
Dioddefodd tan boenau mor hynod
60 Rwy'n teimlo fy mhechod yn gas;
Ni fedraf amgyffred mo'r loesau
A gafodd e' ddioddau'n yr ardd
Wrth wneuthur am gamwedd im gymod:
64 Mi a'i gwelaf e'n hynod o hardd.

Ac yno daeth Jwdas â'i fyddin,
Rhoes gusan i'r Brenin mewn brad,
Fe'i dygwyd at Pilat i'w chwipio
68 A'i daro â chleddyf ei Dad;
Fe'i harweiniwyd i fynydd Calfaria,
Fe'i hoeliwyd rhwng daear a nen,
I fyny yr ysbryd a roddodd,
72 Gorffennodd, gogwyddodd ei ben!

Fe'i dygwyd e'n fuan i'w gladdu,
Ei gyfeillion oedd bruddion eu gwedd;
Rhag ofn fod twyll yr Iddewon
Seliasant rhyw faen wrth ei fedd;
Daeth angylion o'r nefoedd i waered
Ac yna fe dreiglwyd y maen,
Y bore doe'r gwragedd i 'mweled
A'r bedd yn agored a gaen'!

A'r Iesu oedd gwedi cyfodi
Yn dawel 'nôl gorffen y gwaith,
A hynny sydd gysur i lawer
Tra pery gorthrymder y daith;
O lafur ei enaid caiff weled,
A chael ei ddiwallu ryw ddydd
Pan ddelo fe i gwrdd â'i ddyweddi
A gweled y rheini yn rhydd.

Ac yno cydseinio 'Hosanna!'
A chofio am groes Calfari,
A chofio am y Person ddioddefodd,
A'r goron enillodd i ni;
Ac yno bydd ffydd yn troi'n olwg,
A'r gobaith a dry yn fwynhad
Pan welom y cariad tragwyddol
A darddodd o fynwes y Tad.

Elias a Moses ac Abram
A'r seintiau i gyd fydd yn un
Yn canmol wrth weled y cymod
Rhwng Person y Duwdod a dyn;
Pan welom ni drefniad y Drindod
'R awr honno 'nôl dyfod i ben,
Cawn foli yr Oen yn ei haeddiant:
Gogoniant a moliant! Amen.

NODIADAU

Dangosir darlleniadau amrywiol o argraffiad 1816 mewn italig ar ddechrau'r nodyn ar y llinell.

1.16 **Haleliwia!** O'r Hebraeg a'i ystyr yw 'Molwch yr Arglwydd'. Fe'i ceir ar ddechrau a diwedd amryw o'r Salmau, e.e. Salm civ.35 'Fy enaid, bendithia'r Arglwydd. Molwch yr Arglwydd.' Gw. hefyd 1.24, 19.23, 41.64, 42.68, 44.89.

2.4–6 **cario lamp fel morwyn ffôl / ... gweiddi am olew heb gael dim** Cyfeiriad at ddameg y deng morwyn 'a gymerodd eu lampau a mynd allan i gyfarfod â'r priodfab'. Yr oedd pump o'r merched yn gall, wedi gofalu bod ganddynt olew wrth gefn, a phump o'r merched yn ffôl, wedi mynd ar siwrnai heb ofalu cario olew ychwanegol gyda hwy. Daw'r priodfab pan yw'r merched ffôl gyda'r gwerthwyr olew yn prynu ailgyflenwad ac o'r herwydd collant y cyfle i fynd gyda'r priodfab i'r wledd, gw. Math xxv.1–13. Ergyd y ddameg yw mai Crist yw priodfab yr Eglwys, a phan ddaw i ymofyn ei bobl ni fydd pawb yn barod amdano; mae'r morynion ffôl yn ddarlun o'r gau-broffeswyr, gw. 2 Tim iii.5 'yn cadw ffurf allanol crefydd ond yn gwadu ei grym hi'. Cyfeiria Jane Ellis droeon at y ddameg hon, gw. 33.18, 43.18, 43.90, ac mae ganddi gyfeiriadau niferus at Grist yn Briod i'r Eglwys, gw. 8.10n. Defnyddiodd William Williams, Pantycelyn, ddelweddau cyffelyb. Yn y farwnad a ganodd i Anne Price o'r Bronnydd ym mhlwyf Llanfair-ar-y-bryn, a fu farw o'r frech wen ar 8 Mai 1766 yn dair ar hugain oed, mae'n disgrifio angladd Anne Price ac yn annog y merched ifainc, fel y morynion call yn y ddameg, i fod yn barod i'w dilyn: 'Dewch wyryfon, trwsiwch heno / P'un sydd nesa' idd ei daro; / Stên yn llawn a lamp yn barod, / Y mae'r gweiddi bron â dyfod; / Rhoddwch heibio eich teganau, / Rhwysg y byd a'ch holl gariadau: / Dyma'ch Duw, mae E'n fyw, / 'Ch prynwr yw'ch priod, / Ar hanner nos 'mae E'n dyfod, / Deuwch allan i'w gyfarfod!', gw. R. Geraint Gruffydd, 'Marwnadau William Williams, Pantycelyn', *Llên Cymru*, 17 (1993), 269.

2.21 *A phe cawn*.

3.2 **trugareddau'th aswy law** Y llaw aswy yw'r llaw sydd ar ochr yr aes, sef y darian, arfogaeth amddiffynnol i droi ymaith ergydion y gelyn; rhyfeddir yma at drugareddau llaw aswy Duw, sef ei barodrwydd i ddiogelu ei bobl. Cf. Salm xxxv.2 lle yr erfynnir ar Dduw am gymorth 'Cydia mewn tarian a bwcled, a chyfod i'm cynorthwyo.'

3.3 **rhoddion dy ddeheulaw** Rhodd deheulaw Duw yw cyfiawnder, gw. Eseia xli.10 'a chynhaliaf di â deheulaw fy nghyfiawnder'; gyda chyfiawnder dwyfol yn eiddo iddi mae Jane Ellis yn hyderus y bydd yn croesi'r Iorddonen i Baradwys.

3.4 **Iorddonen** Cyfeirir at groesi'r Iorddonen droeon yng ngwaith Jane Ellis, yn enwedig wrth gyfeirio at farwolaeth: wrth ei henw yma ac yn 24.23, ond hefyd fel *yr afon donnog* (11.10, 28.5), *afon angau* (41.48), *yr afon* (46.43). Bedyddiwyd Crist yn afon Iorddonen (gw. Math iii.13–17) a chredir y bydd yn cynorthwyo'r Cristion (yn angau) i groesi llif Iorddonen er mwyn cyrraedd y nefoedd sydd yr ochr draw iddi. Gw. hefyd 44.64n; ODCC[3] 905–6.

3.9 **aflan** *Trwy dy nerth fe olchaist*. Un o'r dynion a ystyrir ymysg y rhai duaf eu haflendid yw Manasse, Brenin Jwda, gw. 2 Br xxi. Fe'i condemnir yn yr Hen Destament am adfer paganiaeth yn nheyrnas Jwda. Yn ystod tua'r ail flwyddyn ar hugain o'i deyrnasiad concrwyd Jwda gan Asyria ac aed â Manasse i Fabilon mewn gefynnau pres. Yn ei gyfyngder gweddïodd

Manasse ar Dduw a'i ddarostwng ei hun o'i flaen gan ennyn trugaredd Duw, gw. 2 Cr xxxiii.13. Ystyrir 'Gweddi Manasse' yn rhan o'r Apocryffa, ac felly yn amheus ei dilysrwydd.

3.11 **afradlon** Un o hoff ddelweddau Jane Ellis yw dychweliad yr afradlon i dŷ ei dad; ar ddameg y mab afradlon gw. Luc xv.11–32. Arwyddocâd y ddameg i gredinwyr yw fod mab a enciliodd oddi wrth ei deulu i fyw mewn gwlad bell, ac a afradodd ei fywyd a'i eiddo nes gorfod derbyn cynhaliaeth drwy fwyta cibau'r moch, yn cael maddeuant llawn a'i adfer i gartref ac at fwrdd ei dad lle y paratowyd iddo'r wisg orau ynghyd â gwledd amheuthun: gan hynny mae gobaith adfer y Cristion isaf ei statws. Gw. hefyd 8.33–6, 20.6–7n, 20.18–20.

3.12 **Ti gyfodaist feirw'n fyw** Cyfododd Crist yn fyw unig fab y wraig weddw o Nain (gw. 50.29n), Lasarus (gw. 51.49n), a merch Jairus, gw. Marc v.22–4, 35–43; cf. 51.51 'Daeth llawer o feirwon i fyny.'

3.14 **picellau'r ddraig** Y *ddraig* yw'r Diafol, gw. Dat xx.2 'Gafaelodd yn y ddraig, yr hen sarff, sef Diafol a Satan, a rhwymodd hi am fil o flynyddoedd.' Sonnir yn drosiadol am y *picellau* mae'n eu taflu at bobl Dduw. Gwelir cyngor yr Apostol Paul ynghylch sut i'w hosgoi yn Eff vi.16 'ymarfogwch â tharian ffydd; â hon byddwch yn gallu diffodd holl saethau tanllyd yr Un drwg.' Cyfeirir at y *ddraig* yn 49.54, 51.10.

3.16 **Had y Wraig** Sef 'hiliogaeth y wraig'; y *wraig* yw Mair a'i *had* yw Crist; gw. 24.12; *cyfamod bore* 46.85n.

4.2 **ffordd i gadw dyn** Ystyr *cadw* yw 'gwaredu', sef gwaredu dyn oddi wrth euogrwydd pechod ac oddi wrth lywodraeth pechod drosto. Y *ffordd* a drefnwyd i wared dyn oedd cyfrif pechod dyn i Grist, a chyfrif cyfiawnder Crist i ddyn. Meddai'r angel wrth Joseff, gw. Math i.21 'Bydd [Mair] yn esgor ar fab, a gelwi ef Iesu, am mai ef a wareda ei bobl oddi wrth eu pechodau.'

4.14 **cawod frwmstan** Anfonodd Duw gawod o dân a brwmstan i ddistrywio dwy ddinas, gw. Gen xix.24 'yna glawiodd yr Arglwydd frwmstan a thân dwyfol o'r nefoedd ar Sodom a Gomorra.' Cyffelybir poenau uffern i dân a brwmstan, gw. Dat xxi.8 'Ond y llwfr, y di-gred, y ffiaidd, y llofruddion, y puteinwyr, y dewiniaid, yr eilunaddolwyr, a phawb celwyddog, eu rhan hwy fydd y llyn sy'n llosgi gan dân a brwmstan, hynny yw yr ail farwolaeth.' Edrychir yma tua Dydd y Farn pan fydd yr anedifeiriol yn cael eu cosbi.

5.5 *'rwy' bron diffygio.*

5.13 *Rhyw hiraethu am.*

5.16 **enaid bach** Defnyddia Jane Ellis yr ansoddair *bach* 'annwyl' yng nghyd-destun ei henaid ei hun yn yr enghraifft hon, ond yn ansoddair am enaid nifer o'r rhai a fu farw mewn damwain yng ngwaith glo Plas yr Argoed ger yr Wyddgrug yn 43.19, ac yn ingol am enaid ei merch yn 46.38.

5.17 **llanciau yn y ffwrnes** Taflwyd Sadrach, Mesach ac Abednego (cyfeillion Daniel, gw. 5.18n) i'r ffwrn dân am wrthod addoli'r ddelw aur a luniodd y Brenin Nebuchadnesar, gw. Dan III.

5.18 **Daniel** Cyfeiriad at y proffwyd Daniel a gaethgludwyd i Fabilon gan Nebuchadnesar ac a ddringodd i safle o awdurdod yn y wlad. O ganlyniad i genfigen ac ystryw'r swyddogion brenhinol taflwyd Daniel i ffau'r llewod am anufuddhau i'r gorchymyn nad oedd neb i weddïo ar Dduw am ddeg diwrnod ar hugain. Fe'i rhyddhawyd fore trannoeth yn ddianaf, gw. Dan vi.22 'Anfonodd fy Nuw ei angel, a chau safn y llewod fel na wnaethant niwed i mi.' Ymhellach gw. ODCC[3] 452–3.

5.26 **Calfari** Bryn Calfaria, neu 'Lle'r Benglog'. Fe'i lleolwyd tu allan i furiau Jerwsalem ac yno y dienyddid neu y croeshoelid drwgweithredwyr; fe'i cyfrifid yn lle aflan. Gw. hefyd *mynydd Calfaria* 49.45n.

5.27 **taenelliad** Yn y cyd-destun crefyddol ei ystyr yw taenu neu ysgeintio gwaed, olew a / neu ddŵr ar un sy'n edifarhau ac yn troi oddi wrth ei bechod, ac arwydda fod y pechadur bellach yn lân a chymeradwy; gw. Lef xiv.7, 16; 1 Pedr i.2; Esec xxxvi.25 'Taenellaf ddŵr glân drosoch i'ch glanhau; a byddwch yn lân o'ch holl aflendid ac o'ch holl eilunod.'

6.1 **anialwch** I'r credadun ystyr y trosiad *anialwch* yw'r tir diffrwyth, llygredig mae'n byw ynddo yn y byd hwn, a'i obaith yw 'dod i fyny' o'r anialwch hwnnw; cf. Can viii.5 'Pwy yw hon sy'n dod i fyny o'r anialwch, yn pwyso ar ei chariad?' Gw. hefyd 46.70.

6.12 **cyfraith Duw** Yn union wedi creu'r ddaear gosododd Duw gyfraith i ddyn ei dilyn, ond o ganlyniad i'r Cwymp collodd dyn y duedd naturiol a oedd ynddo i ddilyn y gyfraith osodedig. Ar Fynydd Sinai rhoddodd Duw grynodeb o'r gyfraith gyntaf honno ar ffurf y Deg Gorchymyn, gw. Ecs xx.1–17. Mae natur syrthiedig dyn yn elyniaethus i'r gyfraith hon. Ar Grist yn bodloni cyfraith Duw gw. 6.14n, 6.19n, 6.22n, 44.79, 48.51, 49.51.

6.14 **talu Iawn** Gwaith Crist yn talu cosb am bechod dyn drwy fynd yn aberth drosto a thrwy hynny ailgymodi dyn â Duw, gw. 1 Ioan ii.2 'Ac efe yw'r iawn dros ein pechodau ni.' Gw. hefyd 6.19n, 6.23–4n, 25.24, 31.13, 32.8, 39.3, 46.88, 49.59.

6.15 **Calfaria** Gw. 5.26n a *mynydd Calfaria* 49.45n.

6.19 **dofi'r gyfraith** Gw. 6.12n. Byddai'r gyfraith yn cyhuddo dyn o'i gamweddau mewn modd llidus iawn. Gwêl Jane Ellis fod nerth a chyfiawnder Crist yn abl i ffrwyno a thawelu'r cyhuddiadau oll.

6.22 **taliad llawn** Gw. 6.14n. Yr oedd gwerth ym mherson ac yn nioddefiadau Crist ar y groes a oedd yn llawn gyfwerth â bai dyn, ac felly fe'i cyfrifir gan Dduw yn daliad llawn. Credid nad oedd yr aberthau Iddewig yn ateb y diben hwn yn llawn; nid oedd dim arall yn addas nac yn ddigonol ond gwaed Crist. Ar Grist yn bodloni cyfraith Duw gw. 6.12n, 6.19n.

6.23–4 **Ac fe wnaeth i'w Dad lefaru / Ei fod wedi derbyn Iawn** Caiff Jane Ellis gysur a diogelwch o'r gair a lefarwyd gan Dduw yn nodi ei lwyr foddhad gyda gwaith Crist yn talu dyled ei bobl. Anfonodd Duw Grist i fod yn Iawn (gw. Rhuf iii.25 'Yr hwn a osododd Duw yn iawn') ac o ganlyniad mae holl drefn iachawdwriaeth yng Nghrist wedi ei sefydlu a'i chadarnhau yn ddigyfnewid dros byth. Cadarnhaodd Duw yn ddigamsyniol ei fod yn gwbl fodlon ar waith Crist yn bodloni holl ofynion y ddeddf ar ran y credinwyr, gw. Marc i.11 'A daeth llais o'r nefoedd: "Ti yw fy Mab, yr Anwylyd; ynot ti yr wyf yn ymhyfrydu."' Y geiriad 'yn yr hwn y'm bodlonwyd' oedd yn y cyfieithiad a ddarllenai Jane Ellis. Gw. hefyd 6.14n, 6.19n, 25.24, 31.13, 32.8, 39.3, 46.88, 49.59. Ar *cyfraith Duw* gw. 6.12n.

6.25 **ffrwythau** Yn yr Ysgrythur anogir yr un sy'n edifeiriol i ymddwyn yn unol â'i broffes, gw. Math iii.8 'Dygwch ffrwyth gan hynny a fydd yn deilwng o'ch edifeirwch.' 'Ffrwythau cyfiawnder' yw gweithredoedd cyfiawn sy'n tyfu o ganlyniad i ffydd, gw. Phil i.11. 'Ffrwythau'r ysbryd' (gw. Gal v.22) yw 'cariad, llawenydd, tangnefedd, goddefgarwch, caredigrwydd, daioni, ffyddlondeb, addfwynder, hunanddisgyblaeth', ac mae'r rhain yn deillio o'r Ysbryd Glân. Cywilyddia Jane Ellis yn wyneb y diffyg ffrwyth sy'n ei bywyd o ystyried hyd ei dyddiau yn y ffydd.

6.27 *elwy'i dreio rhifo'r*.

6.44 *yn lân i lawr*.

8.4 **angau loes** Poen a gwewyr marwolaeth, gw. 24.20, 45.56; *loesion angau* 40.25n, 44.47.

8.6 *Mae'n siwr y*.

8.10 **Priod** Un o hoff ddelweddau Jane Ellis yw gweld Crist yn briod iddi, darlun seiliedig ar y ddelwedd o Grist yn briodfab, a'r Eglwys yn ddyweddi neu'n briodasferch iddo, gw. Can iv.9 'Fy chwaer a'm priodferch, yr wyt wedi ennill fy nghalon'; 2 Cor xi.2. Gw. 35.12, 37.30, 41.51, 42.36, 47.19, 50.68, a'r cyfeiriadau at ddameg y deng morwyn yn 2.4–6n.

8.11 *tan hoelion*.

8.21 **byd a chnawd a Diafol** Tri gelyn dyn yw'r cnawd, y byd, a'r Diafol; mae'r tri yn elyniaethus tuag at Dduw ac yn rhyfela yn erbyn yr enaid.

8.29 *A gaiff fod*.

8.33 **afradlon** Ar ddameg y mab afradlon gw. 3.11n.

8.37 **[y] ddafad ... golledig** Ar ddameg y ddafad golledig gw. Math xviii.12–14; Luc xv.3–7. Caiff Jane Ellis fendith drwy ystyried bod dafad a fu unwaith ar goll yn cael ei darganfod a'i dychwel i'r gorlan; gw. hefyd 12.2n.

9.9 **noswaith rewlyd** Naill ai mae'n rhaid caniatáu yma fesur o ryddid barddol, neu ddeall *rhewlyd* mewn ystyr drosiadol am gyda'r nos iasol ei harwyddocâd.

9.10 **yr ardd** Gardd Gethsemane. Yn dilyn y Swper Olaf ymneilltuodd Crist o Jerwsalem i ardd ym mhentref Gethsemane ar Fynydd yr Olewydd i weddïo, ac yno fe'i daliwyd gan Jwdas Iscariot a thyrfa fawr o'i ganlynwyr, gw. Math xxvi.36–50; gw. hefyd 49.25, 50.37, 51.62.

9.10 **chwys yn waedlyd** Gw. Luc xxii.44 'Gan gymaint ei ing yr oedd yn gweddïo'n ddwysach, ac yr oedd ei chwŷs fel dafnau o waed yn diferu ar y ddaear.' Cf. 49.26.

9.16 **cwbl foddlon** Datganodd Crist ei fod yn gwbl fodlon dioddef llid y Tad yn lle pechaduriaid, gw. Eff v.2 'ac a'i rhoddodd ei hun drosom ni, yn offrwm ac yn aberth i Dduw o arogl peraidd'; am ei einioes dywedodd (gw. Ioan x.18) 'Nid yw neb yn ei dwyn oddi arnaf, ond myfi ohonof fy hun sy'n ei rhoi.'

10.1 **Sabath** Ar y pedwerydd o'r Deg Gorchymyn gw. Ecs xx.8–11 'Cofia'r dydd Saboth, i'w gadw'n gysegredig. Chwe diwrnod yr wyt i weithio a gwneud dy holl waith, ond y mae'r seithfed dydd yn Saboth yr Arglwydd dy Dduw; na wna ddim gwaith y dydd hwnnw, ti na'th fab, na'th ferch, na'th was, na'th forwyn, na'th anifail, na'r estron sydd o fewn dy byrth; oherwydd mewn chwe diwrnod y gwnaeth yr Arglwydd y nefoedd a'r ddaear, y môr a'r cyfan sydd ynddo; ac ar y seithfed dydd fe orffwysodd; am hynny, bendithiodd yr Arglwydd y dydd Saboth a'i gysegru.'

11.7 *Ac yn.*

11.10 **Yr afon donnog fawr** Afon Iorddonen, gw. 3.4n a cf. 28.5.

11.17 **meichiau** Gw. 21.14n.

11.21 *Ni wyddom.*

12.2 **Bugail** Cyhoeddodd Crist (gw. Ioan x.11) 'Myfi yw'r bugail da. Y mae'r bugail da yn rhoi ei einioes dros y defaid'; yn Luc xv.3–7 darlunnir Crist fel bugail yn nameg y ddafad golledig, gw. hefyd 19.26. Seilir y darlun ar Eseia xl.11 'Y mae'n porthi ei braidd fel bugail, ac â'i fraich yn eu casglu ynghyd; y mae'n cludo'r ŵyn yn ei gôl, ac yn coleddu'r mamogiaid.' Gw. hefyd Esec xxxiv, Heb xiii.20, 1 Pedr ii.25, 1 Pedr v.4. Arweinia'r bugail ei braidd i gorlan Duw gan chwilio am y rhai colledig a'u dwyn o bob cyfeiliornad, gw. 8.37–8n.

12.5 **afon y bryn** Ystyr ffigurol *afon* yw 'helaethrwydd', a'r *bryn* yw bryn Calfaria. Mae llawnder glendid a phurdeb yn yr afon sy'n tarddu ar fryn Calfaria; gw. hefyd 27.6–8.

12.8 **ffynnon** Gelwir Crist yn 'ffynnon y dyfroedd byw' (gw. Jer xvii.13) oherwydd bod ffrydiau iachawdwriaeth yn tarddu ynddo, ac oherwydd ei fod yn gallu cynnal bywyd o ras.

Agorwyd y ffynnon hon er glanhad ei bobl gw. Sech xiii.1 'Yn y dydd hwnnw bydd ffynnon wedi ei hagor i linach Dafydd ac i drigolion Jerwsalem, ar gyfer pechod ac aflendid', cyfeiriad at lanhad seremonïol o dan y gyfraith, gw. hefyd 48.57–9, 49.22.

12.13 *Niweidiol i'm.*

12.16–18 *O am 'nabod rhyw ran, / A'm hyspryd sydd wan, / Ar haeddiant ei berson yn dyfod i'r lan.*

12.19 **drws y defaid** Gw. Ioan x.7, 9 'Yn wir, yn wir, 'rwy'n dweud wrthych, myfi yw drws y defaid ... Myfi yw'r drws; os daw rhywun i mewn trwof fi, caiff ei gadw'n ddiogel, caiff fynd i mewn ac allan, a dod o hyd i borfa.' Dyma'r unig ddyfodfa at y Tad, sef drwy Iesu Grist.

13.13 **Meddyg** Rhan o weinidogaeth Crist ar y ddaear oedd iacháu'r cleifion, gw. Math ix.35 'Yr oedd Iesu'n mynd o amgylch yr holl drefi a'r pentrefi, dan ddysgu yn eu synagogau hwy, a phregethu efengyl y deyrnas, ac iacháu pob afiechyd a phob llesgedd.' Ond delwedd gyffredin o Grist mewn emynyddiaeth Gymraeg yw ei weld yn feddyg enaid, 'yr un a wared ei bobl oddi wrth eu pechodau'; gw. Marc ii.17 'dywedodd wrthynt, "Nid ar y cryfion, ond ar y cleifion, y mae angen meddyg; i alw pechaduriaid, nid rhai cyfiawn, yr wyf fi wedi dod."' Gw. hefyd 48.2.

13.21 *Y mae ynddo ras.*

13.29 *Wrth edrych ar y pethau allanol.*

14.3 *'Rwy'n ffaelio gwel'd.*

14.9 *hamser ni yma'n.*

14.12 **Adda'r ail** Yr Adda cyntaf oedd y dyn cyntaf erioed a grewyd. Drwy anufuddhau i Dduw fe gollodd Baradwys, ac mae'n cynrychioli dynoliaeth gyfan, gw. 21.1n. Yr ail Adda yw Crist, sef yr un a enillodd Baradwys dragwyddol yn ôl i ddyn. Mynegodd Paul y syniad hwn, gw. Rhuf v.14; 1 Cor xv.45 'Felly, yn wir, y mae'n ysgrifenedig: "Daeth y dyn cyntaf, Adda, yn fod byw." Ond daeth yr Adda diwethaf yn ysbryd sydd yn rhoi bywyd.' Ond sylwer mai *yr Adda diwethaf* nid *Adda'r ail* yw disgrifiad Paul.

16.2 *'N haelodau 'n aberth byw.*

16.24 **trysor** 'Y mae teyrnas nefoedd yn debyg i drysor wedi ei guddio mewn maes' ac o'r herwydd y mae'n guddiedig i lawer. Ond pan ddaw dyn o hyd iddo a sylweddoli ei werth, 'y mae'n mynd ac yn gwerthu'r cwbl sydd ganddo, ac yn prynu'r maes hwnnw', gw. Math xiii.44.

17.2 **dydd y cyfrif mawr** Sef Dydd y Farn, pan fydd pob dyn yn cael ei alw i gyfrif; gw. 4.14n *cawod frwmstan*. Ar Grist y *Barnwr* gw. 46.14n, 50.24.

17.7 **tylwyth Seion** Safai rhan o ddinas Jerwsalem ar Fynydd Seion, gan gynnwys y deml; *tylwyth* Seion yw preswylwyr Jerwsalem yn gyffredinol, ond yn enwedig yr addolwyr yn y deml. Cyfrifir Seion yn ddinas Duw am mai'r deml oedd ei drigfan, gw. Salm 48.2–3 'Mynydd Seion, ar lechweddau'r Gogledd, dinas y Brenin Mawr'. Ar ystyr alegorïol Jerwsalem yn ddinas nefol gw. Heb xii.22, Dat xiv.1; ar *Brenin Seion* yn ddisgrifiad o Dduw gw. 30.3.

17.15 *heb dewi.*

17.16 *Os nad felly gwelir fi.*

17.26 *A dyna.*

17.29 **Offeiriad** Tair prif swyddogaeth Crist yw gweithredu'n broffwyd (gw. Ioan xv.15 'yr wyf wedi gwneud yn hysbys i chwi bob peth a glywais gan fy Nhad'), yn offeiriad (gw. 40.50n) ac yn frenin (gw. 40.61n). Yr offeiriad cyntaf y clywir sôn amdano yw Melchisedec (gw. Gen xiv.18) a rhan o'i swydd oedd aberthu i Dduw er mwyn talu iawn am bechod. Yn yr Hen Destament teulu Aaron oedd yn gyfrifol am yr offeiriadaeth, ond o dan y cyfamod newydd Crist yw'r aberth dragwyddol ei pharhad. Dymuniad Jane Ellis yw cael adnabod Crist yn offeiriad, sef yn aberth drosti; gw. *y Meichia'* 21.14n, *Archoffeiriad* 40.50n, *cyfamod bore* 46.85n.

18.11–12 **gwledda gyda'r Eglwys / Sydd yn y tywydd mawr** Yr Eglwys yw'r holl gredinwyr, ym mhob oes ac ym mhob cenedl, sy'n un yng Nghrist; gw. 41.5, 43.59n, 49.74, 50.53. Seilir y ddelwedd hon o'r Eglwys (pobl Dduw) yn gwledda ynghyd ar Eseia xxv.6 'Ar y mynydd hwn bydd Arglwydd y Lluoedd yn paratoi gwledd o basgedigion i'r bobl i gyd, gwledd o win wedi aeddfedu, o basgedigion breision a hen win wedi ei hidlo'n lân.' Gwleddir yn llawen gan fod Duw yn addo esmwythyd i'w bobl yn lle *tywydd mawr* (yn ffigurol am fywyd stormus, terfysglyd, blinderus), gw. Eseia xxv.8 'llyncir angau am byth, a bydd yr Arglwydd Dduw yn sychu ymaith ddagrau oddi ar bob wyneb, ac yn symud ymaith warth ei bobl o'r holl ddaear. Yr Arglwydd a lefarodd hyn.'

19.8 **Oen** Arferid aberthu ŵyn yn gymod dros bechod yn yr Hen Destament, ac fe'u gwelir yn symbol o waith Crist yn y Testament Newydd (gw. Ioan i.29) 'Dyma Oen Duw, sy'n cymryd ymaith bechod y byd.' Gw. hefyd Dat v.12; 19.24, 23.8, 32.8, 40.33, 42.23, 44.32, 45.20, 46.42, 46.61, 48.40n, 51.103.

19.21 **Heb frycheuyn na dim crychni** Gobaith sicr Jane Ellis yw y bydd yn cael ei chodi o'r bedd at deulu'r ffydd yn y nefoedd yn lân o bechod, yn rhan o'r Eglwys a fydd yn yr atgyfodiad (gw. Eff v.27) 'yn ei llawn ogoniant, heb fod arni frycheuyn na chrychni … yn sanctaidd a di-fai'.

19.23 **Hosanna!** O'r Hebraeg a'i ystyr yw 'Achub atolwg!'; gall hefyd fynegi llawenydd, mawl neu ddiolchgarwch i Dduw, neu fynegi bloedd o groeso, cf. hanes ymdaith fuddugoliaethus Crist i mewn i Jerwsalem yn Ioan xii.13 'Cymerasant ganghennau o'r palmwydd ac aethant allan i'w gyfarfod, gan weiddi: "Hosanna! Bendigedig yw'r un sy'n dod yn enw'r Arglwydd, yn Frenin Israel."' Gw. hefyd 42.24, 44.89, 51.89.

19.23 **Haleliwia!** Gw. 1.6n.

19.24 **Oen** Gw. 19.8n.

19.25–32 Cyfeirir yn ll. 26 at *Bugail*, sef at ail berson y Drindod, Iesu Grist, gw. 12.2n. Yn ôl llau 27–9 mae'r Bugail hwn *yn Frawd* (ll. 27), *yn Dad* (ll. 28), ac *yn Ysbryd Glân* (ll. 29). Cyfunir yma ddelwedd y Bugail ac athrawiaeth y Drindod (sy'n athrawiaeth lawnach na delwedd y Bugail). Wrth ganolbwyntio ar yr ymgnawdoliad a phwysleisio dyndod Crist wrth sôn amdano yn Frawd, mae Jane Ellis yn dod â Christ yn nes at y crediniwr. Ymhyfryda mewn rhestru teitlau, nodwedd gyffredin ar lenyddiaeth secwlar yn ogystal â llenyddiaeth grefyddol. Traethu uniongrededd a wneir yma (yn hytrach na heresi) wrth briodoli swyddogaethau tri Pherson y Drindod i'r *Bugail* (ll. 26), a gwneir hynny mewn dull tra hyfryd.

19.26 **Bugail** Gw. 12.2n.

20.2 *taro'n aml ar.*

20.6–7 **[y] wledd sy'n nhŷ fy Nhad / Pan ddêl plant afradlon adref** Y tebygolrwydd yw mai cyfeiriad at y wledd sy'n dilyn dychweliad y mab afradlon i gartref ei dad sydd yma, gw. 3.11n. Ond efallai fod yma gyfeiriad at swper neithior yr Oen a drefnir yn y nefoedd ar gyfer y dychweledigion a fu unwaith yn afradlon, gw. Dat xix.9 'Gwyn eu byd y rhai sydd wedi eu gwahodd i wledd briodas yr Oen.'

20.12 **Preswylydd mawr y berth** Ar hanes angel yn ymddangos i Moses pan oedd ar fynydd Horeb (sef mynydd Duw) 'mewn fflam dân o ganol perth', gw. Ecs iii.2. Yr oedd y berth ar dân ond heb ei difa. Gelwir yr angel 'Duw Abraham, Duw Isaac a Duw Jacob' yn adnod 6, a galw ar Dduw am gymorth i ddyfalbarhau hyd y diwedd heb gael ei difa a wna Jane Ellis yma.

20.19 **afradlon** Ar ddameg y mab afradlon gw. 3.11n.

20.24 *dd'od yno*.

21.1 **Adda yn yr ardd** Plannodd Duw ardd yn Eden (gw. Gen ii.8). Gosododd ynddi'r dyn cyntaf, sef Adda (ymhellach arno gw. ODCC[3] 15), a rhoi i hwnnw wraig, Efa (ymhellach arni gw. ODCC[3] 585). Gwaharddodd Duw i Adda fwyta, dan berygl marwolaeth, o ffrwythau un goeden yn yr ardd, sef y pren gwybodaeth da a drwg. Hudwyd Adda gan ei wraig i anufuddhau i'r gorchymyn hwnnw, a dedfrydodd Duw y byddai Adda farw. Cynrychiola'r ddynoliaeth gyfan, ac mae holl blant Adda yn cyfranogi o'i weithred ac yn 'blant digofaint'. Ei weithred ef yn syrthio i demtasiwn yw'r *codwm*, neu'r *cwymp*: ar *cwymp* gw. Gen iii; 48.10n, 51.20; ar *codwm* gw. 51.53n. Cyfeirir ymhellach at Eden yn 48.10, 49.7, 51.4, a gw. ODCC[3] 532–3. Ar Eden yn golygu 'Paradwys', gw. 41.6n.

21.3 **cwymp ei goron** Arwydd o anrhydedd yw coron, yn achos Adda yr anrhydedd o fod yn ogoniant i Dduw ar gyfrif iddo gael ei greu yn berffaith. Yn ganlyniad i gwymp Adda yn Eden (gw. 21.1n) fe syrthiodd coron Adda, cf. Galarnad v.16 'Syrthiodd y goron oddi ar ein pen; gwae ni, oherwydd pechasom.'

21.14 **y Meichia'** Yr un a âi'n gyfrifol am dalu dyled; Crist oedd yr unig feichiau posibl ar gyfer talu dyled pechadur. Yn yr Hen Destament fe dderbyniai Duw aberthau'r offeiriadaeth, ond daeth Crist i weinyddu cyfamod gwell rhwng Duw a dyn, gw. Heb vii.22 'y mae Iesu wedi dod yn feichiau cyfamod rhagorach.' Gw. hefyd 11.17, 39.3, 40.28, 49.9, 50.45; ar drefnu swydd Meichiau gw. 49.10n; gw. *Offeiriad* 17.29n; *Archoffeiriad* 40.50n; *cyfamod bore* 46.85n.

22.17 *N'ad im' 'laru mwy*.

22.20 Argraffiad 1816 *ofon*, argraffiad 1840 *ofn*.

23.8 **Oen** Gw. 19.8n.

23.8 **tranc i'r bedd** Ystyrir bod Crist yn difodi grym y bedd drwy orwedd ynddo ar ran ei bobl; cyweiria wely yn y bedd er mwyn i'w bobl orffwys ynddo hyd fore'r atgyfodiad.

23.10 **gwasgu** Natur angau yw *gwasgu* 'gorthrymu, mathru', cf. y disgrifiad o angau'n cyrchu merch Jane Ellis, 46.37 'Curo wnaeth a gwasgu'n galed'.

23.11 **soflyn** Defnydd ffigurol o'r ystyr 'bonion (yn enw. ŷd) a adewir mewn cae ar ôl medi'r cnwd', gw. GPC 3316. Yn yr Hen Destament cyffelybir annuwiolion i sofl am eu bod yn grin ac yn hawdd eu difetha gan dân digofaint Duw, gw. Eseia xxxiii.11 'Yr ydych yn feichiog o us ac yn esgor ar sofl'; yn yr un cyddestun cyffelybir Duw i dân ysol a fydd yn llosgi'r annuwiolion, gw. Eseia xxxiii.14. Ofna Jane Ellis yn achlysurol ei bod yn dod o dan yr un dynged â'r sofl, nes caiff olwg glir ar gyfiawnder Crist sy'n weithredol o'i phlaid.

23.14 *arna f' hun*.

23.16 **Canol-ŵr** Cyfryngwr sy'n sefyll yn y canol rhwng dwy blaid. Crist yw'r unig ganolwr sy'n abl i sefyll rhwng Duw a dyn i gymodi'r ddwyblaid, gw. 1 Tim ii.5 'Oherwydd un Duw sydd, ac un cyfryngwr hefyd rhwng Duw a dynion, sef Crist Iesu, yntau yn ddyn'. Gw. hefyd 37.24, 44.48.

24.1 **angau** Dywed Jane Ellis iddi fod yn agos at farwolaeth ond ni wyddys pa amgylchiadau a barodd iddi gredu hynny. Fe'i cadwyd, ond awgrymir bod iselder ysbryd wedi gafael ynddi (ll. 4).

24.2 **wedi 'ngado** Ar *gado* 'caniatáu i un aros yn yr un lle neu yn yr un cyflwr' gw. GPC 1367; cf. Luc xiii.6–9 'Meistr, gad iddo eleni eto, imi balu o'i gwmpas a'i wrteithio. Ac os daw â ffrwyth y flwyddyn nesaf, popeth yn iawn; onid e, cei ei dorri i lawr.'

24.7 **ffigysbren** Ar ddameg y ffigysbren diffrwyth gw. Luc xiii.6–9 lle yr adroddir hanes dyn yn mynd i chwilio'n ofer am ffrwyth ar ei ffigysbren a hynny am y drydedd flwyddyn yn olynol. Ofna Jane Ellis ei bod hithau'n syrthio i'r categori di-ffrwyth hwn.

24.9 *Yr wy'n ofni gan fy nh'w'llwch.*

24.10 **hedyn ar y graig** Ar ddameg yr heuwr ac am eglurhad arni gw. Math xiii.3–9, 18–23. Fe syrthiodd peth o had yr heuwr ar graig lle yr oedd pridd bas; tyfodd yn gyflym ond nid oedd iddo ddyfnder daear ac fe wywodd. Arwyddocâd hynny yw fod ambell un yn derbyn y gair yn awchus, ond pan ddaw gorthrymder neu erlid o achos y gair, mae'n syrthio. Ofna Jane Ellis ei bod yn aelod o'r categori hwn ac na fydd yn dyfalbarhau hyd y diwedd.

24.12 **Had y Wraig** Gw. 3.16n.

24.13 *Ac os.*

24.23 *Fe ddoe hefo'm trwy'r.*

24.24 *Ac fe dorrai.*

25.1 *na ddylem.*

25.9 **Rhagluniaeth** Gwaith Duw yn cynllunio trefn bywyd dyn (a'r ddaear) ymlaen llaw cyn creu'r byd, cf. *trefen y Duwdod* 50.5.

25.19 **'Sawl sy'n gofyn sydd yn derbyn** Addewid sicr y Cristion yw y bydd Duw yn garedig wrtho, gw. Ioan xvi.23, 24 'Yn wir, yn wir, 'rwy'n dweud wrthych, beth bynnag a ofynnwch gan y Tad yn fy enw i, bydd ef yn ei roi ichwi ... Gofynnwch, ac fe gewch, ac felly bydd eich llawenydd yn gyflawn.'

25.24 **Iawn** Gw. 6.14n.

27.7 **afon** Gw. 12.5n.

28.5 **afon donnog** Afon Iorddonen; gw. 3.4n a cf. 11.10.

30.3 **Brenin Seion** Gw. 17.7n.

30.26 **trefn yr Iachawdwriaeth** Y drefn a osododd Duw i sicrhau bod enaid yn cael ei achub rhag canlyniadau pechod drwy gredu yn aberth iawnol Crist ar y groes, gw. Heb v.9 'daeth yn ffynhonnell iachawdwriaeth dragwyddol i bawb sydd yn ufuddhau iddo.' Gw. hefyd 49.68, 50.21, ac *olew pur yr Iachawdwriaeth* 43.96n.

31.1 **glyn** Glyn cysgod angau, gw. Salm xxiii.4 'pe rhodiwn ar hyd glyn cysgod angau, nid ofnaf niwed: canys yr wyt ti gyda mi; dy wialen a'th ffon a'm cysurant.'

31.13 **Iawn** Gw. 6.14n.

32.8 **Oen** Gw. 19.8n.

32.8 **Iawn** Gw. 6.14n.

32.9 **cleddau'r Ysbryd** Gair Duw yw cleddyf yr Ysbryd ac mae'n rhan o arfogaeth y Cristion wrth iddo frwydro yn y rhyfel ysbrydol yn erbyn y diafol, y cnawd, a'r byd, gw. 8.21n. Duw sydd wedi darparu'r arfwisg iddo, ac elfennau'r arfwisg honno yw gwirionedd a chyfiawnder, yr efengyl, ffydd, iachawdwriaeth, 'a chleddyf yr Ysbryd, sef gair Duw' (gw. Eff vi.17). Ymhellach gw. William Gurnall, *The Christian in complete armour* (1655–62; Banner of Truth Trust, 1986–9).

33.1–2 **Beth yw'r wialen wyf yn deimlo / A phwy sydd i'w hordeinio hi?** Mydryddir syniadaeth Micha vi.9 'Llef yr Arglwydd a lefa ar y ddinas, a'r doeth a wêl dy enw: gwrandewch y wialen, a phwy a'i hordeiniodd.' Cyfansoddwyd yr emyn hwn yn ystod cyfnod o salwch yng nghartref Jane Ellis. Agorir yr emyn gyda chyfeiriad at *wialen*, sy'n arwyddo cosb gan mai cosb arferol y Rhufeiniaid oedd curo â gwiail (â fflangell y cosbai'r Iddewon). Cosbwyd Paul a Silas yn y modd hwn yn Philipi, gw. Actau xvi.22 'Rhwygodd yr ynadon y dillad oddi amdanynt, a gorchymyn eu curo â gwialennod.' Yn ôl ail bennill yr emyn hwn mae dadl ym mynwes Jane Ellis ynghylch y syniad mai dull Duw o gosbi pechod yw'r salwch hwn sydd wedi ymweld â'i chartref. Dim ond un ochr y ddadl yw gweld salwch yn gosb, fodd bynnag; yr ochr arall i'r ddadl yw gweld mai prawf ar ei ffydd ac ar ei gallu i ddyfalbarhau yn wyneb amgylchiadau anodd yw'r salwch a'i blinodd. Er gwaethaf y demtasiwn i ildio'r dydd, try presenoldeb Duw y profiad chwerw hwn yn un melys wrth iddi fwynhau ei gwmni a'i gysur yn y dydd blin.

33.5 **Craig yr Oesoedd** Crist yw Craig yr Oesoedd gan ei fod yn garreg sylfaen yr Eglwys (gw. 1 Cor iii.11) ac mae'r Eglwys drwy'r oesoedd wedi pwyso ar y graig hon. Am y sawl sy'n adeiladu ei fywyd ar seiliau Cristnogol 'fe'i cyffelybir i ddyn call, a adeiladodd ei dŷ ar y graig', gw. Math vii.24.

33.18 **Dim ond lamp heb olew pur** Ar ddameg y deng morwyn gw. 2.4–6n.

35.1 **dyfroedd Mara** Pan groesodd Moses a'r Israeliaid drwy'r Môr Coch a dod i anialwch Sur buont yn teithio'r anialwch am dridiau heb ddod o hyd i ddŵr. Daethant i Mara a chael bod dŵr yno; blaswyd ef a'i gael yn chwerw, gw. Ecs xv.23; cf. 46.73.

35.3 **pren fy Nuw** Dyma'r pren sy'n pereiddio dyfroedd Mara, gw. Ecs xv.24–5 'Dechreuodd y bobl rwgnach yn erbyn Moses, a gofyn, "Beth ydym i'w yfed?" Galwodd yntau ar yr Arglwydd, a dangosodd yr Arglwydd iddo bren; pan daflodd Moses y pren i'r dŵr, trodd y dŵr yn felys.' Cf. 46.74–6.

35.9–10 **cael fy ngolchi / A fy nghannu fel y gwlân** Cyfeiriad at waith Crist yn golchi dyn oddi wrth fudreddi ei bechod nes ei fod yn wyn fel gwlân, sef wedi cael maddeuant llawn, gw. Eseia i.18 'Pe bai eich pechodau fel ysgarlad, fe fyddant cyn wynned â'r eira; pe baent cyn goched â phorffor, fe ânt fel gwlân.' Ar *golchi ... cannu* cf. cwpled Ann Griffiths (1776–1805) 'Am faddeuant, am fy ngolchi, / Am fy nghannu yn ei waed' sy'n seiliedig ar Dat vii.14 'Dyma'r rhai sy'n dod allan o'r gorthrymder mawr: y maent wedi golchi eu mentyll a'u cannu yng ngwaed yr Oen.' Arferai Ann Griffiths gerdded dros y Berwyn i'r Bala a chael cymundeb gyda Thomas Charles; cyhoeddwyd ei hemynau am y tro cyntaf yn *Casgliad o Hymnau* (1806) dan olygyddiaeth Thomas Charles a'i argraffu gan R. Saunderson yn y Bala. Daeth Jane Ellis hithau o dan ddylanwad Thomas Charles a defnyddia'r ddwy nifer o'r un delweddau, o bosibl oherwydd i Thomas Charles batrymu llawer ar eu meddwl. Tybed pa mor gyfarwydd â'r gyfrol hon oedd Jane Ellis?

35.12 **Priod** Gw. 8.10n.

35.13–14 **Caf yno syllu ar y Person / Gymrodd arno natur dyn** Cf. Ann Griffiths (1776–1805) 'Tragwyddol syllu ar y Person / a gymerodd natur dyn'; gw. 35.9–10.

35.17–18 **Rhyfeddu wnaf, a mawr ryfeddu, / A hynny i oesoedd rif y gwlith** Cf. Ann Griffiths (1776–1805) 'Rhyfeddu a wna'i â mawr ryfeddod' a gw. 49.15n, 35.13–14n.

35.22 **[y] glorian fawr** Disgrifir yma glorian fawr yn troi uwchben bryn Calfaria wrth i Dduw dafoli neu bwyso a mesur gwaith Crist ar y groes yn ennill cyfiawnder i ddynion edifeiriol drwy ysgwyddo'r gosb am eu drygau.

35.23 **'Gorffennwyd!'** Un o ddywediadau Crist ar y groes, gw. Ioan xix.30 'Yna, wedi iddo gymryd y gwin, dywedodd Iesu, "Gorffennwyd." Gwyrodd ei ben a rhoi i fyny ei ysbryd.' Cyfeiriai Crist at y ffaith fod ei waith yn talu Iawn dros bechaduriaid wedi ei gyflawni'n drwyadl a therfynol. Gw. hefyd 44.78, 48.55, 50.49, 51.71.

36.1 **dyffryn Baca** Dyffryn garw, sych, nad oedd yn hawdd ei deithio. Deellir *dyffryn Baca* yn ffigurol am daith helbulus Jane Ellis trwy fyd o amser, ond daw iddi gymorth goruwchnaturiol i'w deithio; cf. Salm lxxxiv.6 'Wrth iddynt fynd trwy ddyffryn Baca fe'i cânt [sef Crist] yn ffynnon.'

37.13 **'Concwest!'** Delwedd boblogaidd gan yr emynwyr oedd fod y cadwedigion yn bloeddio 'Concwest!'; cf. Rhuf viii.37 'Eithr yn y pethau hyn oll yr ydym ni yn fwy na choncwerwyr, trwy'r hwn a'n carodd ni.'

37.15 **Awdur bywyd** Crist yw creawdwr bywyd tragwyddol y Cristion, gw. Ioan xiv.6 'Myfi yw'r ffordd a'r gwirionedd a'r bywyd. Nid yw neb yn dod at y Tad ond trwof fi.' Dyma un o hoff themâu'r emynwyr yn gyffredinol, cf. cwpled trawiadol Ann Griffiths (1776–1805) 'Rhoi awdur bywyd i farwolaeth / A chladdu'r atgyfodiad mawr', cwpled sy'n seiliedig ar Ioan xi.25 'Dywedodd Iesu wrthi, "Myfi yw'r atgyfodiad a'r bywyd. Pwy bynnag sy'n credu ynof fi, er iddo farw, fe fydd byw; a phob un sy'n byw ac yn credu ynof fi, ni bydd marw byth."' Gw. hefyd 43.37, 35.13–14n.

37.24 **Canol-ŵr** Gw. 23.16n, 44.48.

37.29 **neb yn wylo** Yn y nefoedd ni fydd dim tristwch na galar gan y bydd pob achos gofid, er enghraifft poen, cystudd a phechod, yn cael ei symud ymaith, gw. Dat vii.17 'bydd Duw yn sychu pob deigryn o'u llygaid hwy.' Dyma thema a roddai gysur i'r emynwyr, cf. William Thomas 'Islwyn' (1832–78) 'Nid oes yno neb yn wylo / Yno nid oes neb yn brudd.'

37.30 **Priod** Gw. 8.10n.

38.1 **grawnsypiau'r wlad** Enwir y wlad hon yn llinell 7 'I'r Ganaan rad fy enaid rhed.' Trosiad am y nefoedd yw Canaan, sef y wlad a fendithiwyd gan Dduw helaethaf o holl wledydd y ddaear, a dinas enwocaf gwlad Canaan oedd Jerwsalem, lle yr adeiladwyd y deml. Disgrifir hyfrydwch a ffrwythlonedd gwlad Canaan yn Deut viii.7–9; yr oedd gwinwydd Canaan yn neilltuol o ffrwythlon a blasus, yn bwrw ffrwyth ddwywaith a theirgwaith y flwyddyn. Gw. 40.54.

38.8 **dyled ... dalu** Yma ystyrir *dyled* yn e.g. ond hepgorwyd y treiglad er mwyn y cyflythreniad.

39.1 **yn bechod wnaed** Er mwyn i Grist fod yn aberth dros bechadur yr oedd yn orfodol iddo *fod* yn bechod, hynny yw fod pechod wedi ei gyfrif iddo. Cyfrifodd Duw bechod dyn i Grist, gw. 2 Cor v.21 'Canys yr hwn nid adnabu bechod, a wnaeth efe yn bechod drosom ni; fel y'n gwnelid ni yn gyfiawnder Duw ynddo ef.'

39.3 **Iawn** Gw. 6.14n.

39.3 **Meichiau** Gw. 21.14n.

40.3 **perthnasau cnawdol** Aelodau o'r teulu, sef y rhai oedd yn perthyn yn ôl y cnawd i Jane Ellis, yn hytrach na'i theulu yn y ffydd a oedd yn berthnasau ysbrydol iddi.

40.14 **perl** Cyfeirir yma at Grist fel y perl gwerthfawr sy'n llawer gwerthfawrocach nag aur ac arian y ddaear. Mae'r dyn doeth yn fodlon gwerthu ei holl eiddo er mwyn meddiannu'r perl ysbrydol hwn, gw. Math xiii.45–6 'Wedi iddo ddarganfod un perl gwerthfawr, aeth i ffwrdd a gwerthu'r cwbl oedd ganddo, a'i brynu.'

40.15 **adain ffydd** Disgrifia Jane Ellis ddull un crediniwr, ar ei farwolaeth, o godi o'r byd hwn at Dduw, gw. Eseia xl.31 'ond y mae'r rhai sy'n disgwyl wrth yr Arglwydd yn adennill eu nerth; y maent yn magu adenydd fel eryr'.

40.25 **loesion angau** Sef gwewyr a phoenau marwolaeth, gw. 44.47; *angau loes* 8.4n, 24.20, 45.56.

40.26 **y biliau** Cyhoeddodd Duw yn eglur yn y ddeddf sut yr oedd yn disgwyl i ddyn fyw ar y ddaear. Pe bai dyn yn syrthio'n fyr o hynny, byddai yn nyled Duw am iawn cyfatebol i'r gwall neu'r diffyg. Dyma'r biliau y gallai Duw eu hanfon, a phe na allai dyn eu talu gallai Duw fynnu cosbi neu faddau'r dyledion. Ofnir yma edrych ar y biliau hyn, a deisyfir am nerth i gredu bod Crist yn gweithredu fel meichiau ac y bydd yn talu'r biliau ar ran y meidrolyn sy'n wynebu ar angau. Ar *croesi biliau*, sef eu talu a'u dileu, gw. 46.87n, 49.50, 50.50; gw. hefyd 48.45n.

40.28 **Meichiau** Gw. 21.14n.

40.30 **Eiriolwr** Cais am gael gweld Crist yn ei swydd yn eiriolwr drosti, sef yn dadlau ei hachos ar ei rhan, sydd gan Jane Ellis yma a dyma'r unig enghraifft o'r fath yn ei gwaith; gw. 1 Ioan ii.1 'os bydd i rywun bechu, y mae gennym Eiriolwr gyda'r Tad, sef Iesu Grist, y cyfiawn'; Heb vii.25 'Dyna pam y mae ef hefyd yn gallu achub hyd yr eithaf y rhai sy'n agosáu at Dduw trwyddo ef, gan ei fod yn fyw bob amser i eiriol drostynt.'

40.33 **Oen** Gw. 19.8n.

40.33 **preseb** Arwydd o ymddarostyngiad Crist oedd iddo gael ei wisgo mewn cadachau a'i osod mewn preseb, gw. Luc ii.7.

40.42 **blodeuo fel almonwydd** Ceir mynych gyfeiriadau at y pren almon yn y Beibl. Blodeua yn ystod mis Ionawr (dyma'r pren cyntaf i flodeuo ar ôl y gaeaf), ac mae ei ffrwyth yn aeddfed yn ystod mis Mawrth. Yn Num xvii adroddir hanes Duw yn gorchymyn i bob un o arweinwyr tylwythau Israel gymryd gwialen a 'bydd gwialen y dyn a ddewisaf fi yn blaguro ... ac yr oedd gwialen Aaron ymhlith eu gwiail hwy. Yna gosododd Moses y gwiail gerbron yr Arglwydd ym mhabell y dystiolaeth. Trannoeth aeth Moses i mewn i babell y dystiolaeth, a gwelodd fod gwialen Aaron, a oedd yn cynrychioli tŷ Lefi, wedi blaguro a blodeuo a dwyn almonau aeddfed.' Dymuniad am fod yn ddewisedig gan Dduw sydd gan y sawl a ddisgrifir yma ar ei wely angau.

40.45 **cordial** Defnyddir ambell air annisgwyl o dro i dro, megis yr enghraifft hon lle y defnyddir *cordial* (meddyginiaeth at gryfhau'r galon, neu ddiod adfywiol) yn ffigurol am yr hwb atgyfnerthol a roddai tystiolaeth gadarnhaol o brofiad gwely angau i gyfeillion y claf wrth iddynt wynebu anawsterau bywyd; cf. hefyd *landio* (11.2), *cleimio* (44.88).

40.48 **olew** Arferid olew yn gyffredin i eneinio, gw. Salm xcii.10 yn arwydd o adferiad; arwydda hefyd yr Ysbryd Glân yn disgyn ar Grist ac ar y credinwyr gan eu hadfywio. Yn yr enghraifft hon llifa'r olew yn ffrydiau helaeth ar adeg marwolaeth credadun.

40.49 **yr afon** Afon Iorddonen, gw. 3.4n.

40.50 **Archoffeiriad** O ran statws safai'r archoffeiriad yn nesaf at y brenin, ac yr oedd yn gysgod o Grist. Ei swydd oedd bod yn brif offeiriad, a gwneud iawn dros y bobl; pan ddaeth Crist yn archoffeiriad y cyfamod newydd disgrifir ei addasrwydd i'r swydd honno yn Heb vii.26 'un sanctaidd, di-fai, dihalog, wedi ei ddidoli oddi wrth bechaduriaid, ac wedi ei ddyrchafu yn uwch na'r nefoedd'. Ef mae Jane Ellis yn ei weld ar lan afon Iorddonen, ac mae'n hyderus y bydd yn dal ei phen 'uwch brig y tonnau' (ll. 51) rhag iddi suddo. Gw. hefyd 44.63; *Offeiriad* 17.29n; *y Meichia'* 21.14n; *cyfamod bore* 46.85n.

40.54 **[y] Ganaan nefol** Gw. 38.1n.

40.56 **Cadben** Trosiad cyffredin am Dduw a Christ, neu am swyddog eglwysig; yma fe'i defnyddir am Grist, sef yr un sy'n arwain Jane Ellis dros lif yr Iorddonen i Baradwys.

40.57-8 **ffydd ... gobaith ... cariad** O gael y tri pheth hyn hydera Jane Ellis na fydd yn suddo i'r dyfnder ac yn methu â chyrraedd Paradwys; ar eu pwysigrwydd gw. 1 Cor 13, yn enwedig adnod 13 'Mewn gair, y mae ffydd, gobaith, cariad, y tri hyn, yn aros. A'r mwyaf o'r rhain yw cariad.' Gw. hefyd 46.45, 47, 51.93-5.

40.61 **y Brenin ar ei orsedd** Un o swyddau Crist yw bod yn frenin sy'n llywodraethu ac yn amddiffyn ei Eglwys, gw. Dat xix.16 'Yn ysgrifenedig ar ei fantell ac ar ei glun y mae enw: "Brenin brenhinoedd, ac Arglwydd arglwyddi."' Tair prif swyddogaeth Crist yw gweithredu'n broffwyd (gw. Ioan xv.15 'yr wyf wedi gwneud yn hysbys i chwi bob peth a glywais gan fy Nhad'), yn offeiriad (gw. 17.29n, 40.50n) ac yn frenin.

40.62 **plant trugaredd** Ystyr *plant* yma yw 'cenedl, hiliogaeth' a *plant trugaredd* yw'r unigolion hynny sydd wedi profi trugaredd Duw tuag atynt; 'y Tad sy'n trugarhau' yw Duw, gw. 2 Cor i.3.

41 (teitl) **Mr Robert Jones** Daeth i'r Wyddgrug o Ddinbych, a bu farw 30 Hydref 1831 yn 49 mlwydd oed, gw. Griffith Owen, *Hanes Methodistiaeth Sir Fflint* (Cyfarfodydd Misol Dwyrain Dinbych a Fflint, 1914), t. 249. Yn ôl marwnad iddo o waith Edward Jones, Maes-y-plwm, a gyhoeddwyd yn *Y Drysorfa* (1843), 200–1, 'duwiol brawdol brydydd' (ll. 13) oedd Robert Jones; yn ei ieuenctid bu'n byw bywyd annuwiol, ond cafodd dröedigaeth 'A'i droi gwedy'n, nid rhaid gwadu, / I bregethu Iesu a'i rad' (llau 61–2). Cyhoeddwyd talfyriad o un o'i bregethau yn *Y Drysorfa* (1844), 264–5, ond nid yw Edward Jones yn ei brisio gyda'r goreuon o bregethwyr 'Nid mor ddoniol a myrddiynau, / Yn ei ddyddiau a oedd ef' (llau 85–6).

41.5 **Eglwys** Gw. 18.11–12n.

41.6 **Paradwys** Yn Dat ii.7 cyfeirir at ardd Eden dan yr enw Paradwys, ac yn ffigurol fel nefoedd y Cristion: 'I'r sawl sy'n gorchfygu, rhof yr hawl i fwyta o bren y bywyd sydd ym Mharadwys Duw.' Yr oedd yn amlwg fod rhodiad Robert Jones, a'r llwybr a gerddai, yn arwain i'r nefoedd honno. Gw. hefyd 49.75, 50.53; ymhellach gw. ODCC[3] 1226–7.

41.14 **codi Ysgolion** Yr oedd Robert Jones yn athro ysgol Sul yn yr Wyddgrug, gw. Rhiain Phillips, *Y Dyfroedd Byw* (Dinbych, 1987), t. 19 'Drwy lafur Elisabeth Jones a gwraig fach dlawd unig dduwiol o'r enw Mary Jones, cychwynnwyd Ysgol Sabothol yn Yr Wyddgrug am y tro cyntaf. Yng Ngorffennaf 1806 'roedd yr aelodaeth yn 140 a David Jones, John Matthews a Robert Jones yn athrawon ymysg eraill nas enwir.'

41.17 **meib** Ffurf luosog hynafol *mab*.

41.19 **dawn** Yma ystyrir *dawn* yn e.g.

41.37 **gwraig** Ni enwir gwraig Robert Jones ym marwnad Jane Ellis nac ym marwnad Edward Jones.

41.45 **cystudd** Ni ymhelaethir ar gystudd Robert Jones ym marwnad Jane Ellis nac ym marwnad Edward Jones.

41.46 **bryn Caersalem newydd** Caersalem yw Jerwsalem, a defnyddir *Caersalem newydd* yn drosiad cyffredin am y nefoedd, gw. hefyd 47.3 a *bryn Caersalem* 42.17n.

41.48 **afon angau** Afon Iorddonen, gw. 3.4n.

41.51 **Priod** Gw. 8.10n.

41.54 **A phawb am roddi lawr ei goron** Gw. Dat iv.10 11 lle y mae'r saint yn 'bwrw eu coronau gerbron yr orsedd a dweud: "Teilwng wyt ti, ein Harglwydd a'n Duw, i dderbyn y gogoniant a'r anrhydedd a'r gallu, oherwydd tydi a greodd bob peth, a thrwy dy ewyllys y daethant i fod ac y crewyd hwy."'

41.59 **Mae Brawd yn fyw fu gynt yn farw** Cf. cwpled Ann Griffiths (1776–1805) 'Byw i weld yr Anweledig, / Fu farw ac sy'n awr yn fyw.' Gw. 35.13–14n.

42 (teitl) **Mr Dafydd Jones, Pwll Melyn** Cofnododd Margaret Jones, Cefn-y-gadair, yr Wyddgrug, hanes marwolaeth Dafydd Jones mewn llythyr at 'Fy anwyl Fair' dyddiedig 21 Medi 1836; fe'i cyhoeddwyd mewn cofiant i Margaret Jones gan ei brawd, gw. Thomas Jones, *Fy Chwaer* (Wyddgrug, 1854), tt. 81–3, a

gw. Atodiad y gyfrol hon, tt. 134–6. Yn y llythyr dywedir 'yr oedd yntau yn 80 oed', ond yn Adysgrifau'r Esgob am blwyf yr Wyddgrug cofnodir bod David Jones Hendrebiffa wedi ei gladdu 13 Medi 1836 yn 79 oed.

42 (teitl) **odyn galch** Yn 79 oed parhai Dafydd Jones i weithio. Bu farw wrth ei waith pan syrthiodd odyn galch arno a'i ladd (ar *odyn* 'ffwrn fawr ar gyfer llosgi, sychu, neu brosesu defnydd megis calch, priddfeini, &c.' gw. GPC 2618) a chofnodir y farwolaeth yn llythyr Margaret Jones (gw. Atodiad y gyfrol hon, tt. 134–6) 'Dydd Sadwrn yr oedd gyda'i waith (llosgi calch) fel arferol. Yr oedd un o'r odynau yn gofyn adgyweiriad; a thra yr oedd ef o'i mewn yn gwneyd hyny, ymollyngodd y rhan uchaf o honi ar ei ben. Cafwyd cymhorth buan, ond yr oedd y pridd-feini mor boeth, fel nad ellid yn hawdd eu symud. Yr oedd yr hên wr anwyl yn gallu dyweyd wrthynt ymha le yr oedd, a thybir iddo fyw yno chwarter awr wedi ei gladdu felly.—Dywedai wrth y dynion oedd yno, 'Os medrwch dynu peth o'r pwysau sydd ar fy mhen, gwnewch; ond y mae hi yn dda iawn arnaf fi yma. O! fy Eiriolwr anwyl! O! fy Iesu anwyl, derbyn fy ysbryd! Yrwan y mae crefydd yn talu ei ffordd. Mae hi yn dda iawn arnaf fi, &c.' Ymhellach ar y diwydiant calch llewyrchus a oedd yn yr ardal gw. Bryn Ellis, 'Quarrying and Limeburning' yn *Minera Lead Mines and Quarries*, gol. John Bennet (Wrexham, 1995), tt. 29–38.

42.4 **cerbyd tanllyd** Cyfeirir yma at y modd y cymerwyd Elias i'r nefoedd, gw. 2 Br ii.11 'Ac fel yr oeddent yn mynd, dan siarad, dyma gerbyd tanllyd a meirch tanllyd yn eu gwahanu ill dau, ac Elias yn esgyn mewn corwynt i'r nef.' Elias ac Enoch oedd yr unig ddau na fu'n rhaid iddynt farw: cawsant eu cymryd i'r nefoedd heb orfod wynebu marwolaeth. Yma defnyddir y darlun yng nghyswllt marwolaeth trwy dân, cf. llinell 13 rhostio.

42.8 [g]wisg heb lygru Bydd y Cristion ar ddydd atgyfodiad y meirw yn cael ei wisgo ag 'anllygredigaeth', sef â chyfiawnder Crist, gw. 1 Cor xv.52–3 'Oherwydd bydd yr utgorn yn seinio, y meirw'n cael eu cyfodi yn anllygredig, a ninnau'n cael ein newid. Oherwydd rhaid i'r llygradwy hwn wisgo anllygredigaeth, ac i'r marwol hwn wisgo anfarwoldeb.'

42.10 brenin dychryniadau Y mwyaf o'r holl ddychryniadau yw marwolaeth, gw. Job xviii.14 'Ei hyder ef [yr annuwiol] a dynnir allan o'i luesty: a hynny a'i harwain ef at frenin dychryniadau.' Yn BCN darllenir 'at Frenin Braw'; cf. *brenin braw* 46.46.

42.12 gwahanu ei gorff a'i enaid Delwedd o farwolaeth.

42.13 rhostio Ar ddioddefaint a gweddïau Dafydd Jones ar ôl i odyn galch syrthio arno gw. 42 (teitl).

42.17 bryn Caersalem Caersalem yw Jerwsalem, ac oddi ar ran o'r bryn y codwyd Jerwsalem arno, sef Mynydd yr Olewydd, gellir edrych dros holl strydoedd Jerwsalem draw at y Môr Marw. Hoffai'r emynwyr y syniad trosiadol fod modd sefyll ar y bryn hwn i edrych yn ôl dros daith bywyd gyda dirnadaeth gytbwys o'r gwahanol gamau a gymerwyd, cf. emyn David Charles, Caerfyrddin (1762–1834), cyfoeswr i Jane Ellis: 'O fryniau Caersalem ceir gweled / Holl daith yr anialwch i gyd; / Pryd hyn y daw troeon yr yrfa / Yn felys i lanw ein bryd.' Yr un ddelwedd sydd gan Jane Ellis hithau wrth ddatgan y gall Dafydd Jones, o ben bryn Caersalem (sef y nefoedd), weld bod pob profiad croes neu orthrymder a gafodd ar ei siwrnai drwy fywyd yn groes neilltuol a roddir i'r crediniwr i'w chario er mwyn Crist. Gw. hefyd *bryn Caersalem newydd* 41.46n.

42.18 ca' Ffurf dalfyredig ar *caiff*, 3 un.pres.myn. y ferf *cael*.

42.23 Oen Gw. 19.8n.

42.24 Hosanna! Gw. 19.23n.

42.27 **grisiau** Mewn troednodyn i'r gerdd dywedir, 'Gan fod yr hen frawd yn drwm ei glyw, arferai fod ar risiau y *pulpit* yn gwrando yn wastad.' Felly hefyd y disgrifiodd Margaret Jones, Cefn-y-gadair, ef yn ei llythyr at Mair ei ffrind (gw. Thomas Jones, op. cit. 81) 'Mae yn debyg eich bod yn cofio fy hên ffrynd David Jones, Pwll-melyn, yr hwn fyddai yn arfer sefyll bob amser ar risiau'r pulpud.'

42.30 **'Amen'** 'Bydded felly'; fe'i defnyddid gan Dafydd Jones i borthi neu i ddangos cytundeb â datganiadau'r pregethwr. Ysgrifennodd Margaret Jones, Cefn-y-gadair, amdano (gw. Thomas Jones, op. cit. 82) 'Y mae ei farwolaeth yn golled i'r pregethwyr; cynnorthwyai ef hwynt â'i weddiau, a chefnogai hwynt â'i 'Amen,' pan fyddai pawb arall o'r gwrandawyr mor galed â'r gallestr.' Gw. hefyd linell glo cerddi 45, 48, 49, 50, 51.

42.33 **[y]r utgorn mawr** Ar ddydd atgyfodiad y meirw bydd ugtorn yn seinio a bydd y credinwyr yn profi newid mawr, gw. 1 Cor xv.51–2 'Clywch! Yr wyf yn mynegi dirgelwch ichwi: nid ydym i gyd i huno, ond yr ydym i gyd i gael ein newid, mewn eiliad, ar drawiad amrant, ar ganiad yr utgorn diwethaf. Oherwydd bydd yr utgorn yn seinio, y meirw'n cael eu cyfodi yn anllygredig, a ninnau'n cael ein newid.'

42.34 **A'r meirw o'u beddau'n dod i fyny** Gosodwyd dydd pan fydd y meirw yn atgyfodi o'r beddau, gw. 42.33n.

42.36 **Priod** Gw. 8.10n.

42.37 **palmwydd** Arferid cario palmwydd yn ystod dathliadau i arwyddo buddugoliaeth. Yma darlunnir Dafydd Jones ar ddydd atgyfodiad y meirw yn cario palmwydd i ddynodi buddugoliaeth dros bechod, gw. Dat vii.9–10 'wele dyrfa fawr na allai neb ei rhifo, o bob cenedl a'r holl lwythau a phobloedd ac ieithoedd, yn sefyll o flaen yr orsedd ac o flaen yr Oen, wedi eu gwisgo â mentyll gwyn, a phalmwydd yn eu dwylo. Yr oeddent yn gweiddi â llais uchel: "I'n Duw ni, sy'n eistedd ar yr orsedd, ac i'r Oen y perthyn y waredigaeth!"' Ar Ŵyl y Pebyll cariai'r Iddewon fwndeli o ganghennau helyg, palmwydd, a myrtwydd yn arwydd o orfoledd, ac wrth groesawu Crist i mewn i Jerwsalem cofnodir yn Ioan xii.13 'Cymerasant ganghennau o'r palmwydd ac aethant allan i'w gyfarfod, gan weiddi: "Hosanna! Bendigedig yw'r un sy'n dod yn enw'r Arglwydd, yn Frenin Israel."' Nodir yn Salm xcii.12 'Y mae'r cyfiawn yn blodeuo fel palmwydd.'

42.38 **[g]wisg fel ôd** Darlunnir Dafydd Jones yn codi o'r bedd mewn gwisg o liw'r eira, gw. 42.37n. Disgrifir hi fel gwisg briodas o liain main gwyn, gw. Dat xix.8 'Rhoddwyd iddi hi [yr Eglwys] i'w wisgo liain main disglair a glân, oherwydd gweithredoedd cyfiawn y saint yw'r lliain main.'

42.58 **Nid oes un claf ymysg y cwmni** Ni fydd un aelod o gwmni'r nefoedd yn glaf neu'n anhwylus, gw. 42.60n.

42.60 **rhinweddau pren y bywyd** Yng nghanol gardd Eden y lleolwyd pren y bywyd, gw. Gen ii.9. Yr oedd y pren hwnnw'n symbol o Grist, yn llawn ffrwythau ac yn sefyll ynghanol ei bobl. Gellid bwyta'n rhydd ohono, gw. Dat ii.7 'gwrandawed beth y mae'r Ysbryd yn ei ddweud wrth yr eglwysi. I'r sawl sy'n gorchfygu, rhof yr hawl i fwyta o bren y bywyd sydd ym Mharadwys Duw.' Un o rinweddau'r pren oedd meddyginiaeth, a gwêl Jane Ellis (â llygad ffydd) fod y credinwyr yn mwynhau iechyd llawn yn y byd a ddaw oherwydd effeithiolrwydd rhinweddau meddyginiaethol pren y bywyd; mae ei gweledigaeth yn seiliedig ar Dat xxii.2 'ac yr oedd dail y pren er iachâd y cenhedloedd'.

43.9 **arch Noa** Oherwydd bod y ddaear yn llygredig ar ôl Cwymp Adda dywedodd Duw wrth Noa am adeiladu arch gan ei fod am ddifodi pob cnawd ar y ddaear ac eithrio'r rhai a âi i mewn i'r arch am loches, gw. Gen vi.9–viii.19. Cyffelybir yma waith Duw yn cau drws yr arch, i brofiad y dynion a gaewyd dan ddaear o ganlyniad i ddamwain ym mhwll glo Plas yr Argoed. Ymhellach ar arch Noa gw. ODCC[3] 105–6.

43.11 **tri diwrnod** Bu'r glowyr yn gaeth dan ddaear am dridiau.

43.12 **deg** Achubwyd deg gweithiwr o'r ddamwain a fu yng ngwaith glo Plas yr Argoed a rhestrir eu henwau fel a ganlyn yn Owen Jones, *Gwaedd Effro ar y Glowyr: Hanes fanol a chywir o'r trychineb arswydus a gymerodd le yn ngwaith glo Plas-yr-Argoed, gerllaw y Wyddgrug, swydd Fflint; Ar y 10fed o Fai, 1837: pan dorodd llifeiriant i'r gwaith, ac yr achlysurodd farwolaeth Un-ar-Hugain o'r Gweithwyr* (Wyddgrug, 1837), tt. 19–20: 'Yma y canlyn enwau y rhai a gaed i fynu yn fyw, Mai 12fed, 1837, wedi bod dridiau a dwy nos dan y ddaear, heb ymborth, golau, nac ymgeledd,

1. John Kenrick; gwr priod.
2. Thomas Roberts, Sychtyn; gwr priod.
3. John Evans, Brynybal; llanc ieuanc.
4. Daniel Jones, Maes y dref; llanc ieuanc.
5. Edward Kenrick; bachgen ieuanc.
6. Robert Minshull; bachgen ieuanc.
7. Henry Hughes; bachgen ieuanc.
8. Hugh Jones; bachgen ieuanc.
9. James Jenkins; bachgen ieuanc.
10. Robert Ellis; bachgen ieuanc.'

Dywedir am Daniel Jones mewn troednodyn 'Efe a'i cynnygiodd ei hun yn aelod eglwysig yn mhlith y Trefnyddion Calfinaidd yn y dref hon yr wythnos ganlynol. Gobeithiwn y bydd i'r Arglwydd ei fendithio â chrefydd o'r rhyw orau, a'i gynnal yn ffyddlon hyd ddiwedd ei oes.'

43.13 **un ar hugain** Bu farw un ar hugain o ddynion o ganlyniad i'r ddamwain a fu yng ngwaith glo Plas yr Argoed a rhestrir eu henwau fel a ganlyn yn Owen Jones, op.cit. 22–3:

1. Hugh Parry, Pentref; bachgenyn; yr oedd ef yn fyw hyd nes y dygwyd ef i'r awyr.
2. Daniel Jones, Wyddgrug; llanc.
3. Thomas Bellis, Wyddgrug; llanc; ei fam yn weddw.
4. John Jones, Sychtyn; gadawodd weddw a thri o blant, yr henaf yn naw oed.
5. Richard Jones; bachgenyn; mab i'r diweddaf.
6. Robert Owen, Maes-y-dref; gadawodd weddw a phedwar o blant; yr henaf yn 13 mlwydd oed, a'r ieuengaf yn 7 mis.
7. Thomas Ellis, Wyddgrug; gadawodd weddw a theulu mawr.
8. William Hopwood, Mynydd Isaf; gadawodd weddw a 4 o blant, yr hynaf yn 9 oed.
9. William Williams, Bagillt; gwr ieuanc.
10. James Owen, gŵr ieuanc; ar yr hwn yr ymddibynai mam oedranus yn hollol.
11. Thomas Jones, Mynydd Isaf; gadawodd wraig a phlentyn.
12. John Jones, Wyddgrug; gwr ieuanc; un a gynhaliai fam oedranus.
13. Robert Owen, bachgenyn: mab i R. Owen.
14. George Wynn, Wyddgrug: llanc.
15. Thomas Owen, llanc; mab arall i Robert Owen.
16. Thomas Jones, Sychtyn; gwr ieuanc.
17. Thomas Mathews, Wyddgrug; gwr ieuanc.
18. Mathew Mathews Wyddgrug; gwr ieuanc.
19. Thomas Hughes, Pwllmelyn; gadawodd weddw a 7 o blant, yr henaf ond 11 mlwydd oed; esgorodd y weddw ar y seithfed ar ol y ddamwain alarus.
20. Thomas Harri, Sychtyn; gadawodd weddw a phedwar o blant; yr henaf yn 8 oed.

21. William Jones, Maes-y-dref; gwr ieuanc newydd briodi. Tybed a oedd perthynas rhwng y Dafydd Jones, Pwll Melyn a laddwyd pan syrthiodd odyn galch arno (gw. cerdd 42) a theulu'r *Thomas Hughes, Pwllmelyn* a enwir ar y rhestr uchod (rhif 19)?

43.18 **yn eu lamp hwy olew pur** Olew pur yr olewydden a ddefnyddid yn lampau'r cysegr, sef y rhan fwyaf dirgel a sanctaidd o'r deml, a darlun cyffredin o fywyd y Cristion yw ei fod yn cario lamp sy'n llawn o 'olew pur yr iachawdwriaeth', gw. 43.96n. Gw. hefyd ddameg y deng morwyn 2.4–6n.

43.19 **enaid bach** Gw. 5.16n.

43.21 **y Meseia** Ystyr *Meseia* yw 'Eneiniog', sef Crist; gw. Ioan iv.25–6 'Meddai'r wraig wrtho, "Mi wn fod y Meseia" (ystyr hyn yw Crist) "yn dod. Pan ddaw ef, bydd yn mynegi pob peth wrthym." Dywedodd Iesu wrthi, "Myfi yw, sef yr un sy'n siarad â thi."' Ymhellach gw. ODCC[3] 1082–3. Dyma'r unig enghraifft o'r gair yng ngwaith Jane Ellis.

43.30 **cario'r groes** *Codi'r groes* yw ymostwng i drefn Duw mewn bywyd yn hytrach na dilyn ffordd bersonol, gw. Math xvi.24 'Yna dywedodd Iesu wrth ei ddisgyblion, "Os myn neb ddod ar fy ôl i, rhaid iddo ymwadu ag ef ei hun a chodi ei groes a'm canlyn i."' Mae'n rhaid i'r Cristion *gario'r groes* honno hyd ddiwedd oes.

43.33 **Boneddigion a'r gwŷr mawrion** Canmolir gwŷr bonheddig yr ardal am fod yn elusengar, a gofynnir i *Awdur bywyd* (sef Crist) roi'r Ysbryd Glân i'w harwain i gwmni'r dychweledigion, ac i'w cuddio â chyfiawnder angau clwyfus Crist (gw. llau 38–40). Ar 16 Mai 1837 yng Ngwesty'r Llew Du yn yr Wyddgrug (gw. Owen Jones, op. cit. 23–4) 'ymgynnullodd nifer luosog o foneddigion a gwyr cyfrifol y y [sic] dref a'r gymydogaeth, i gymeryd dan ystyriaeth y moddion goreu i gynnorthwyo gweddwon ac amddifaid y dynion anffodus a fuont feirw. Cymerwyd y gadair gan John Wynne Eyton, Ysw. Penderfynwyd gwneuthur tansgrifiad cyhoeddus, a phennodwyd cyfeisteddiad o reolwyr i iawn drefnu a chyfranu yr hyn a dderbynid ... Gwnawd tansgrifiad yn yr ystafell cyn ymadael, pan y dodwyd i lawr y swm haelionus o £225 11s yn y fan ... pan yr ydym yn ysgrifenu hyn, y mae tua NAW CANT O BUNNAU wedi eu tansgrifio, a hyderir y bydd yn mhell dros FIL yn dra buan ... [Mae'r] haelioni digydmar uchod, i'w gyfrif yn benaf fel ffrwyth llafur medrus a brwdfrydig gwr o'r gymmydogaeth, Mr. T. Whitley, Broncoed.'

43.37 **Awdur bywyd** Gw. 37.15n.

43.37 **Ysbryd** Yr Ysbryd Glân, sef trydydd Person y Drindod gyda Duw a Christ. Priodolir gweithgaredd penodol i bob un o'r tri Pherson ac un o ddyletswyddau'r Ysbryd Glân yw arwain dyn at Grist, ac arwain y crediniwr drwy fyd o amser i'r byd tragwyddol fel bod y Cristion (gw. Rhuf viii.4) 'yn rhodio, nid yn ôl y cnawd, eithr yn ôl yr Ysbryd'. Ar yr Ysbryd Glân yn Ddiddanydd, gw. 48.72n. Ymhellach ar yr Ysbryd Glân gw. ODCC[3] 788–9.

43.45 **Thomas Jones** Rhestrir enw '*Thomas Jones*, Sychdyn, llanc ieuanc' gan Owen Jones (t. 15), ond mae'n fwy tebygol mai '*T. Jones* o'r Mynydd isaf' sydd dan sylw yma. Amdano ef dywedir (gw. Owen Jones, op. cit. 13–14) 'gwr ieuanc o ran dyddiau, yr hwn a briodasid tua 2½ fl. yn ol, ac a adawodd wraig a phlentyn bychan ar ei ol. Y gwr hwn oedd yn hynod mewn duwioldeb; ymdrechgar am fod yn gyson yn yr ordinhadau cyhoeddus, gofalus am addoli Duw yn deuluaidd, gwyliadwrus anghyffredin ar ei ymarweddiad gwastadol, a hynod grefyddol yn ei gyfeillach beunydd. Ei gydweithwyr a dystient, iddynt ddyfod ar ei draws mewn rhyw nant goediog yn gyfagos i'r Gwaith lawer pryd, yn annysgwyliadwy, a'i gael ar ei liniau, yn ymdrechu â Duw mewn gweddi yn ei encilfa ddirgelaidd. Mae coffadwriaeth y cyfiawn hwn, fel perarogl ddymunol yn nghyfrif ei holl gymmydogion a'i gydnabod, heb neb yn ammau am ddiffuantrwydd ei grefydd, a diogelwch ei gyflwr.' Yr oedd yn un o bum dyn y daethpwyd o hyd i'w cyrff brynhawn Gwener 19 Mai, naw diwrnod ar ôl y ddamwain. Yn ôl Adysgrifau'r Esgob am blwyf yr Wyddgrug claddwyd dyn ifanc 25 oed o'r enw Thomas Jones ar 20 Mai 1837.

43.47 **moddion** Cyfeirir yma at foddion gras, sef y sacramentau a'r oedfaon crefyddol yn gyffredinol.

43.51 **gorsedd** Gorsedd gras yw eisteddfa Duw a Christ yn y nefoedd; anogir y credinwyr yn Heb iv.16 'gadewch inni nesáu mewn hyder at orsedd gras, er mwyn derbyn trugaredd a chael gras yn gymorth yn ei bryd.'

43.58 **impyn** Sef 'eginyn wedi ei grafftio i hollt mewn pren'; fe'i defnyddir yn ffigurol am Thomas Jones a blannwyd yn yr Eglwys. Darlunnir impiad y Cenhedloedd a'r Iddewon i'r Eglwys yn Rhuf xi.24 'Oherwydd, os cefaist ti [y Cenhedloedd] dy dorri o olewydden oedd yn wyllt wrth natur, a'th impio i mewn, yn groes i natur, i olewydden gardd [yr Eglwys], gymaint tebycach yw y cânt hwy [yr Iddewon], sydd wrth natur yn ganghennau olewydden gardd, eu himpio i mewn i'w holewydden hwy eu hunain!'

43.59 **yr Eglwys filwriaethus** Ar yr Eglwys gw. 18.11–12n. Dyma'r cwmni sy'n cyfarfod â'i gilydd ar y ddaear ac sy'n brwydro yn y rhyfel yn erbyn y Diafol, gw. Eff vi.11 'Gwisgwch amdanoch holl arfogaeth Duw, er mwyn ichwi fedru sefyll yn gadarn yn erbyn cynllwynion y diafol.'

43.73 **William Williams** Nid oedd William Williams wedi bod yn gweithio'n hir yn y pwll glo ac fe'i disgrifir fel 'gŵr ieuanc crefyddol, a ddaethai yma o Bagillt er's rhai misoedd', gw. Owen Jones, op. cit. 12. Oherwydd yr 'awyr frwmstanaidd' ni allai'r rhai a gaethiwyd dan ddaear ganu emynau dim ond eu hadrodd drosodd a throsodd, e.e. yr un a ganlyn: 'Bywyd y meirw tyr'd i'n plith, / A thrwy dy Ysbryd arnom chwyth; / Anadla'n rymus ar y glyn, / Fel byddo byw yr esgyrn hyn.' Yn ôl Owen Jones, op. cit. 17 'yn swnio y geiriau crybwylledig y clywid William Williams ddiweddaf, gan y rhai a waredwyd.'

43.85 **Robert Owen** Gŵr lleol oedd Robert Owen (gw. Owen Jones, op. cit. 12, 23): '*Robert Owens*, gwr priod o'r dref hon; cawsai y gwr hwn aml a blin gystuddiau yn y blyneddoedd diweddaf, ond yr oedd lle i feddwl ei fod ef yn ofni Duw yn fwy na llawer. Byddai yn ddyfal ac astud iawn yn yr arferiad o foddion gras; a'i ymdrech dwys yn ddïau oedd am ymddwyn yn addas i efengyl Crist: yr oedd dau fachgen iddo ef yn y gwaith, y rhai hefyd a fuont feirw yn yr amgylchiad yma. Efe a adawodd ar ei ol wraig dyner, a phedwar o blant ieuainc yn amddifaid ... yr henaf yn 13 mlwydd oed, a'r ieuengaf yn 7 mis.' Yn ôl Adysgrifau'r Esgob am blwyf yr Wyddgrug claddwyd Robert Owen, 37 oed, ar 16 Mai a'i fab, Robert, ar 20 Mai yn 11 oed; bu farw Thomas Owen, mab arall iddo, hefyd o ganlyniad i'r ddamwain.

43.90 **lamp yn ... olau** Cyfeiriad pellach at ddarlun o ffydd y Cristion, gw. 43.18n.

43.96 **olew pur yr Iachawdwriaeth** Mae bod yn bresennol yn yr oedfaon yn fodd o liniaru'r galar ar ôl y teulu a'r ffrindiau a gollwyd o ganlyniad i'r ddamwain a fu ym Mhwll yr Argoed. Cyffelybir yr oedfaon hynny i bibellau sy'n rhedeg o'r nefoedd i lawr i'r ddaear gan gario gwybodaeth am iachawdwriaeth Crist, sy'n olew pur i wella pob clwyf. Gw. 30.26n.

44 (teitl) **John Ellis** Sef diweddar ŵr Jane Ellis; arno gw. y Rhagymadrodd tt. xxxiii–xv.

44 (teitl) **'Diniweidrwydd'** Ar y dôn 'Diniweidrwydd' gw. Phyllis Kinney, 'The Tunes of the Welsh Christmas Carols (I)', *Canu Gwerin*, 11 (1988), 46–7. Noda Jane Ellis mai i'w canu ar yr alaw hon y cyfansoddodd gerddi rhif 44, 45, 48.

44.2 **cydmar** Amrywiad ar *cymar* 'priod'.

44.19 **afon** Cyfeiriad at Salm xlvi.4 'Y mae afon a'i ffrydiau'n llawenhau dinas Duw.'

44.24 **llwyr foddloni'r Tad** Cf. 6.23–4n, 48.51n, 48.52n.

44.32 **Oen** Gw. 19.8n.

44.48 **Canol-ŵr** Gw. 23.16n.

44.59 **Eli** Archoffeiriad yn y deml, a barnwr yn Israel; ar *barnwr* 'arweinydd a swyddog ag awdurdod dros dro yn Israel rhwng cyfnod Josua a'r brenhinoedd' gw. GPC 261. Er bod Eli yn ddyn duwiol 'yr oedd meibion Eli yn wŷr ofer, heb gydnabod yr Arglwydd', gw. 1 Sam ii.12. Gan ei fod yn farnwr yn Israel dylai Eli fod wedi cosbi ei feibion, ac oherwydd na wnaeth hynny mae Duw yn cosbi Eli yn llym. Er gwaethaf y gosb, mae Eli yn ostyngedig ac yn cytuno'n llawn â dull Duw o weithredu, gw. llinell 60 a cf. 1 Sam iii.18 'Dywedodd yntau, "Yr Arglwydd yw efe: gwnaed a fyddo da yn ei olwg."'

44.63 **Archoffeiriad** Gw. 40.50n.

44.64 **torri grym y dŵr** Cyfeirir yma at rediad cryf a chwyrn dyfroedd yr Iorddonen, gw. 3.4n. Am yr un ymadrodd gw. 45.40, a cf. cwpled agoriadol un o emynau Ann Griffiths (1776–1805) 'Os rhaid wynebu'r afon donnog, / Mae un i dorri grym y dŵr'; gw. 35.13–14n.

44.67–8 Os 12 llinell yw hyd pob pennill, mae'r pennill hwn ddwy linell yn rhy fyr; yn ôl trefn yr odlau mae'n debygol mai yma y dylid gosod y ddwy linell goll.

44.78 **'Gorffennwyd!'** Gw. 35.23n.

44.79 **A'r gyfraith wedi ei llwyr foddloni** Cf. 48.51 'Y gyfraith wedi'i llwyr foddloni'. Ar fodloni'r gyfraith gw. 6.12n, 6.14n, 6.19n, 6.22n, 49.51.

44.88 **cleimio** Enghraifft o gymreigio'r ferf Saesneg *to claim*, ac efallai fod y gair yn taro'n chwithig yma, yn nesaf at *hawl*.

44.89 **Hosanna!** Gw. 19.23n.

44.89 **Haleliwia!** Gw. 1.16n.

45 (teitl) **Elizabeth Pierce** Ffrind mynwesol Jane Ellis; arni gw. y Rhagymadrodd tt. xli–xlii.

45 (teitl) **'Diniweidrwydd'** Gw. 44 (teitl).

45.8 **Aeth gyda'i babi 'lawr i'r bedd** Gellir tybio bod Betty Pierce wedi marw ar enedigaeth plentyn, a bod y fam a'i phlentyn wedi eu claddu yn yr un bedd, ar yr un diwrnod trist, gw. y Rhagymadrodd tt. xli–xlii.

45.13 **Ei ffydd yn awr a drodd yn olwg** Ar ddydd marwolaeth y Cristion bydd y ffydd a oedd ganddo yn addewidion Crist yn mynd yn ddiangen gan fod yr hyn yr oedd yn ei gredu drwy ffydd yn dod yn weledig iddo, ac yn rhywbeth y gall ei gantod â'i lygad ei hun. Gw. 2 Cor v.6–7; 51.93; cf. cwpled Ann Griffiths (1776–1805) sy'n lleisio'r un thema 'Eu ffydd tu draw a dry yn olwg, / A'u gobaith eiddil yn fwynhad' a gw. 35.13–14n.

45.20 **Oen** Gw. 19.8n.

45.40 **grym y dŵr** Gw. 44.64n.

45.47 **trafferthu** Nodwedd ar Elizabeth Pierce oedd ei hysbryd gweddi, a'i deisyfiadau am nerth i gredu; gwrthgyferbynnir hynny â thuedd rhai Cristnogion i fod yn drafferthus yn eu ffydd. Gwelir yma gyfeiriad at ddwy chwaer, sef Mair a Martha (chwiorydd Lasarus, gw. 51.49n); eisteddai Mair wrth draed yr Iesu yn gwrando ar ei air, ond ceryddwyd Martha ganddo am fod yn rhy drafferthus gyda gofalon llai pwysig y cartref, gw.

Luc x.41–2 'yr wyt yn pryderu ac yn trafferthu am lawer o bethau, ond un peth sy'n angenrheidiol. Y mae Mair wedi dewis y rhan orau, ac nis dygir oddi arni.'

45.61–2 **Ar fyr bydd edau frau fy einioes / Wedi dirwyn oll i ben** Rhybuddir yma nad yw bywyd dyn yn hir. Disgrifir einioes fel pellen o wlân sy'n dirwyn yn ei blaen yn gyson, ddi-stop, nos a dydd, nes ei bod, un diwrnod, yn dod i ben. Y perygl mawr yw gorfod wynebu Dydd y Farn heb baratoi a deisyfa Jane Ellis gael ei pharatoi ar gyfer y dydd hwnnw. Lleisiodd Rhys Prichard (1579–1644) yr un syniad mewn cerdd sy'n dwyn y teitl 'Rhybudd i'r Cymry i edifarhau' (gw. Nesta Lloyd (gol.), *Cerddi'r Ficer* ([Felindre, Abertawe], 1994), t. 33) 'Mae rhod y ffurfafen yn dirwyn y bellen / O'n heinioes nes gorffen heb ball nos na dydd; / A ninne heb feddwl nes dirwyn y cwbwl, / Yn cw'mpo i'r trwbwl tragywydd.'

46 (teitl) **Elizabeth Jones** Merch Jane Ellis; arni gw. y Rhagymadrodd tt. xxvi–xxxviii.

46.14 **Barnwr** Crist, ar Ddydd y Farn, fydd yn pwyso a mesur pob dyn byw, gw. 50.24 a *dydd y cyfrif mawr* 17.2n.

46.34 *arnat yn glyn.*

46.38 **enaid bach** Gw. 5.16n.

46.41 **pur ddymunol** Nid yr adferf 'lled, gweddol, braidd (yn)', ond yr ansoddair 'digymysg'.

46.42 **Oen** Gw. 19.8n.

46.43 **yr afon** Afon Iorddonen, gw. 3.4n.

46.45, 47 **Ffydd a gobaith ... cariad** Gw. 40.57–8n.

46.46 **brenin braw** Sef marwolaeth, ac mae'n gyfystyr â *brenin dychryniadau*, gw. 42.10n.

46.61 **Oen** Gw. 19.8n.

46.64 **afon heb ddim trai** Disgrifir cariad Crist fel ffrwd o ddŵr croyw, di-drai na fydd yn pallu; efallai fod y ddelwedd o fôr di-drai yn fwy cyfarwydd i'r emynwyr na'r ddelwedd o afon ddi-drai, cf. y cwpled canlynol o waith Nathaniel Williams (1742–1826) 'Môr di-drai o bob trugaredd, / Yw'th iachawdwriaeth fawr ei dawn.'

46.73 **dyfroedd Mara** Gw. 35.1n. Yr union linell hon yw llinell agoriadol emyn gan William Williams, Pantycelyn (1717–91) a gyhoeddwyd yn *Emynau Newydd* (Y Bala, 1806), rhif 28 ac mae'n bosibl fod Jane Ellis yn gyfarwydd â'r gyfrol.

46.74 **y pren** Cf. 35.3n.

46.85 **cyfamod bore** Ar *cyfamod* 'cytundeb rhwng dwy (neu ragor) o bleidiau â'i gilydd, cynghrair, ymrwymiad' gw. GPC 676; defnyddir *bore* yn ffigurol i olygu 'dechreuad, cychwyniad'. Gwnaeth Duw gyfamod ag Adda, ac felly â'r ddynoliaeth, y byddai 'had y wraig', sef Crist, yn dod i'r byd er mwyn dwyn buddugoliaeth ar y Diafol, gw. Gen iii.15; 49.54n; *Offeiriad* 17.29n; *y Meichia* 21.14n; *Archoffeiriad* 40.50n.

46.87 **croesi'r biliau** Gw. 40.26n a cf. Dafydd Jones o Gaeo (1711–77) 'Hwn yw'r Oen ar ben Calfaria, / Aeth i'r lladdfa yn ein lle. / Swm ein dyled mawr fe'i talodd / Ac a groesodd fillau'r Ne.' Gw. hefyd 49.50, 50.50, 48.45n.

46.88 **Iawn** Gw. 6.14n.

47 (teitl) **Mr Robert Humphreys** Cofnodir ei farwolaeth yn *Y Drysorfa* (1840), 223 'Mehefin 5, bu farw, yn 56 mlwydd oed, Mr R. Humphreys, Masnachwr, Wyddgrug, wedi bod yn aelod hardd gyd â'r Trefnyddion Calfinaidd am amryw flynyddoedd, a chafodd y fraint o fod yn addurn i'w broffes. Gadawodd wraig, a thri mab, a dwy ferch i alaru ar ei ol.'

47.3 **bryn Caersalem newydd** Gw. 41.46n a *bryn Caersalem* 42.17n.

47.4 **gwlad y cystudd** Gorthrymder a dioddefaint sydd i'w disgwyl yn y byd hwn, sef yng ngwlad y cystudd, ond disgrifir y meirw yng Nghrist fel rhai sydd wedi gadael gwlad y cystudd mawr, gw. Dat vii.14 'Y rhai hyn yw'r rhai a ddaethant allan o'r cystudd mawr, ac a olchasant eu gynau, ac a'u canasant hwy yng ngwaed yr Oen.'

47.9 **yn yr ysgol bu yn llafurio** Gan mai masnachwr oedd Robert Humphreys wrth ei alwedigaeth teg yw tybio mai cyfeiriad at Ysgol Sul, nid ysgol ddyddiol, sydd yma.

47.16 **cwlwm natur wedi datod** Ystyr *datod* yw 'distrywio'. Wrth ddistrywio *cwlwm natur* fe ddinistrir y defnyddiau sy'n dal y byd naturiol wrth ei gilydd; ar farwolaeth Robert Humphreys, y penteulu, mae'r cwlwm teuluol wedi ei chwalu.

47.19 **Priod** Gw. 8.10n.

48 (teitl) **'Diniweidrwydd'** Gw. 44 (teitl)n.

48.2 **Meddyg** Gw. 13.13n.

48.4 **A dod i flwch o lwch i lawr** *Dod i lawr i flwch o lwch*. Y *blwch* yw'r ddaear, ac fe ddarostyngodd Crist ei hun i ddod i lawr o'r nefoedd i fyw ym myd y llwch; yn Diar viii.26 gelwir dyn yn 'uchder llwch y byd', sef ei fod yn llwch o ran ei gorff ond eto yn uwch ei statws na'r creadigaethau eraill a luniwyd o lwch, ac mae'n llywodraethu drostynt.

48.8 **fel dafad** Gw. 48.40n; cf. y ddelwedd o ddarostyngiad Crist yn Eseia liii.7 'fel y bydd dafad yn ddistaw yn llaw'r cneifiwr, felly nid agorai yntau ei enau.'

48.8 **deddf-le** Ar *deddfle* 'lle neu safle (person) gerbron y ddeddf (yn enw. lle pechadur yng ngolwg cyfiawnder Duw)' gw. GPC 912.

48.10 **yr ardd** Gw. 21.1n.

48.10 **codwm** Gw. 21.1n; mae dynoliaeth yn rhan o'r codwm hwn, gw. 51.53n.

48.13 **seren** Arweiniwyd y sêr-ddewiniaid o'r dwyrain at Iesu drwy gyfrwng seren, gw. Math ii.9–10 'aethant ar eu taith, a dyma'r seren a welsent ar ei chyfodiad yn mynd o'u blaen hyd nes iddi ddod ac aros uwchlaw'r man lle'r oedd y plentyn. A phan welsant y seren yr oeddent yn llawen dros ben.' Dywed Crist amdano'i hun yn Dat xxii.16 'Myfi yw Gwreiddyn a Hiliogaeth Dafydd, seren ddisglair y bore.' Gw. 50.13.

48.14 **Bachgen** Proffwydwyd y deuai bachgen i arwain cenedl Israel, gw. Eseia ix.6 'Canys bachgen a aned i ni, mab a roed i ni, a bydd yr awdurdod ar ei ysgwydd.'

48.15 **Cenhedloedd** Disgrifid pawb nad oedd yn Iddew yn genedl-ddyn, sef yn aelod o'r Cenhedloedd. Fe'u cyfrifid yn baganiaid, y tu allan i gyfamod gras Duw. Ond pan ddaeth Crist i'r byd pregethodd y byddai'r Cenhedloedd hefyd yn dod yn rhan o'r cyfamod gras. Apwyntiwyd Paul yn apostol i'r Cenhedloedd, gw. Gal ii.7 'fe welsant fod yr Efengyl ar gyfer y Cenhedloedd wedi ei hymddiried i mi, yn union fel yr oedd yr Efengyl ar gyfer yr Iddewon wedi ei hymddiried i Pedr.' Gw. hefyd 50.14n.

48.17 **cyflawnder mawr yr amser** Pan oedd yr amser yn addas fe anwyd Crist i'r byd, gw. Gal iv.4–5 'Ond pan ddaeth cyflawniad yr amser, y danfonodd Duw ei Fab, wedi ei wneuthur o wraig, wedi ei wneuthur dan y ddeddf; fel y prynai'r rhai oedd dan y ddeddf, fel y derbyniem y mabwysiad.' Gw. hefyd 49.13, 51.35; *da amser* 48.79–80n.

48.19 **Bethlem** Tref Bethlehem yn Jwda, tua chwe milltir i'r de o Jerwsalem; fe'i gelwir *Bethlehem Effrata* yn Micha v.2. Yno y ganwyd Crist gan fod yn rhaid i'w rieni deithio yno i gofrestru yn dilyn gorchymyn Cesar Awgwstus i gofrestru'r holl Ymerodraeth, gw. Luc ii.1–7; gw. hefyd 51.37.

48.21 **finegr a bustl** Wrth fynd i'w groeshoelio cafodd Crist gynnig diod gan ei elynion, gw. Math xxvii.33–4 'A phan ddaethant i le a elwid Golgotha, yr hwn a elwir, Lle'r benglog, hwy a roesant iddo i'w yfed, finegr yn gymysgedig â bustl: ac wedi iddo ei brofi, ni fynnodd efe yfed.' Ar *bustl* 'sylwedd chwerw a gymysgid â gwin' gw. GPC 349.

48.22 **talu'r gwystl** Darlunnir Crist yn *talu'r gwystl* ar groes Calfaria; Crist oedd y sicrwydd y byddid yn cyflawni'r addewid i dalu dyledion dyn i Dduw.

48.25 **yfed y gwpanaid** Cyfeirir at weddi Crist yng ngardd Gethsemane (gw. Math xxvi.39, 42, 44) 'syrthiodd ar ei wyneb gan weddïo, "Fy Nhad, os yw'n bosibl, boed i'r cwpan hwn fynd heibio i mi; ond nid fel y mynnaf fi, ond fel y mynni di." ... Aeth ymaith drachefn yr ail waith a gweddïo, "Fy Nhad, os nad yw'n bosibl i'r cwpan hwn fynd heibio heb i mi ei yfed, gwneler dy ewyllys di." ... Ac fe'u gadawodd eto a mynd ymaith i weddïo y drydedd waith, gan lefaru'r un geiriau drachefn.' Cyfeiriai Crist at y cwpan profiad a oedd o'i flaen, sef y croeshoeliad, ond nid oedd yn arfaeth Duw iddo ei osgoi. Am yr un ddelwedd cf. emyn Huw Derfel (1816–90) 'Y Gŵr a fu gynt o dan hoelion / Dros ddyn pechadurus fel fi / A yfodd y cwpan i'r gwaelod / Ei hunan ar ben Calfari.' Sylwer bod *cwpanaid* yn e.b. yn yr enghraifft hon, ond cf. 49.29n, 50.39 *y cwpan*.

48.27 **prin godi** Dim ond *prin godi* (o'r braidd y cafodd gyfle i godi) o'i weddi yng Ngethsemane a wnaeth Crist (gw. uchod 48.25 'syrthiodd ar ei wyneb gan weddïo') nad oedd yn rhaid iddo ymddangos gerbron llys Pilat i ateb cyhuddiadau yn ei erbyn.

48.29 **Pilat** Y Rhufeiniwr Pontius Pilat a lywodraethai Jwda OC 26–36, sef drwy gydol gweinidogaeth Ioan Fedyddiwr ac Iesu Grist. Pilat a ddedfrydodd Grist i gael ei groeshoelio, a hynny yn groes i dystiolaeth ei gydwybod ei hun ac yn groes i erfyniadau ei wraig; ildiodd i bwysau'r Iddewon a'u dymuniad taer i'w ladd. Ar hanes Pilat yn holi Crist gw. Math xxvii.11–14 ac ar hanes ei ddedfrydu i farwolaeth gw. Math xxvii.15–26; gw. hefyd 49.36, 51.67.

48.30 **A'i daro'n drwyad' oddi draw** Ar ôl cael ei holi'n drwm gan Pilat (gw. Ioan xix.1–3) 'Yna cymerodd Pilat Iesu, a'i fflangellu. A phlethodd y milwyr goron o ddrain a'i gosod ar ei ben ef, a rhoi mantell borffor amdano. Ac yr oeddent yn dod ato ac yn dweud, "Henffych well, Frenin yr Iddewon!", ac yn ei gernodio.'

48.33 **Pedr** Ei enw gwreiddiol oedd Simon ond ailenwyd ef gan Grist, gw. Ioan i.42 'Edrychodd Iesu arno a dywedodd, "Ti yw Simon fab Ioan; dy enw fydd Ceffas" (enw a gyfieithir [i'r Groeg] Pedr).' Ystyr y gair Aramaeg *Ceffas* yw 'craig'. Pysgotwr oedd ef a'i frawd Andreas wrth eu galwedigaeth, ond fe'u galwyd yn ddisgyblion i Grist ac addawyd y deuent yn 'bysgotwyr dynion', gw. Math iv.19. Yr oedd Pedr yn briod, gw. 1 Cor ix.5 'Onid oes gennym hawl i fynd â gwraig sy'n Gristion o gwmpas gyda ni, fel y gwna'r apostolion eraill, a brodyr yr Arglwydd, a Cheffas?' Y pennaf o'r apostolion, cafodd fod yn bresennol gyda Christ ar adegau pan mai dim ond cylch bychan o dystion a ganiateid i fod yn bresennol, e.e. pan gyfododd ferch Jairus (gw. Math ix.18–26), ar fynydd y gweddnewidiad (gw. Math xvii. 1–8), ac yng ngardd Gethsemane (gw. 48.25n). Wedi cyffesu ffydd yng Nghrist, dywedir wrtho (gw. Math xvi.18) 'ti yw Pedr, ac ar y graig hon yr adeiladaf fy eglwys.' Gw. 49.40; ODCC[3] 1269–70.

48.33 **gwadu** Gwadodd Pedr deirgwaith ei fod yn adnabod Crist, sef wrth ddwy o'r morynion a oedd tu allan i dŷ Caiaffas yr archoffeiriad pan oedd y Sanhedrin wedi ymgynnull yno, ac yna wrth y rhai a oedd yn sefyll yn y porth (gw. Math xxvi. 69–75) 'Yna dechreuodd yntau regi a thyngu, "Nid wyf yn adnabod y dyn." Ac ar unwaith fe ganodd y ceiliog. Cofiodd Pedr y gair a lefarodd Iesu, "Cyn i'r ceiliog ganu, fe'm gwedi i deirgwaith." Aeth allan ac wylo'n chwerw.' Edifarhaodd Pedr, a maddeuodd Crist iddo. Gw. hefyd 49.40.

48.40 **yr oen** Darlunnir Crist yn aml fel oen ar gyfrif ei ddiniweidrwydd, ac oherwydd bod Duw wedi ei osod yn aberth ac yn Iawn dros bechodau; gw. Eseia liii.7 'Fe'i gorthrymwyd a'i ddarostwng, ond nid agorai ei enau; arweiniwyd ef fel oen i'r lladdfa, ac fel y bydd dafad yn ddistaw yn llaw'r cneifiwr, felly nid agorai yntau ei enau.' Gw. 19.8n, 48.8.

48.45 **Ysgrifen-law yr ordinhadau** Gadawyd heiffen yn *ysgrifen-law* er mwyn dynodi aceniad y gair yng nghyd-destun y llinell hon. Yn rhan o'r ddeddf seremonïol yr oedd pechodau na fedrai'r pechadur eu dileu drwy unrhyw fodd ond drwy gymorth mechnïydd i wneud y gwaith ar ei ran. Llunnid y cyhuddiad ar ffurf dogfen ysgrifenedig (ysgrifenlaw), a hyd nes bod y mechnïydd hwnnw wedi gweithredu ac ateb yr amodau'n llawn, yr oedd yr ysgrifenlaw honno yn aros i'w erbyn. Ar ôl i'r mechnïydd gyflawni'r gwaith yn gyfan gwbl byddai'r ysgrifenlaw yn cael ei diddymu, a'i hoelio mewn lle cyhoeddus er mwyn i bawb gael gweld bod y pechadur yn rhydd o'i gafael. Ar y groes fe weithredodd Crist er mwyn dileu'r ysgrifenlaw a oedd yn cyhuddo dyn, gw. Col ii.13–14 'Y mae wedi maddau inni ein holl gamweddau, ac wedi diddymu'r ddogfen oedd yn ein rhwymo i'r gofynion a'n gwnâi ni yn ddyledwyr. Y mae wedi ei bwrw hi o'r neilltu; fe'i hoeliodd ar y groes.' Syniad tebyg sydd tu cefn i'r darlun o'r *biliau* 40.26n. a *croesi'r biliau* 46.87n, *biliau a groesodd â'i waed* 49.50, *A'n biliau ni a groeswyd gan Grist* 50.50.

48.51 **Y gyfraith wedi'i llwyr foddloni** Cf. 44.79 'A'r gyfraith wedi ei llwyr foddloni'. Ar fodloni'r gyfraith gw. 6.12n, 6.14n, 6.19n, 6.22n, 49.51.

48.52 **A'r Tad yn gweiddi hynny ar goedd** Gw. 6.23–4n.

48.53 **cuddio'i wyneb** Cf. 49.47 'A'i Dad ef a guddiodd ei wyneb'. Oherwydd ei sancteiddrwydd ni all Duw edrych ar bechod a dywedir bod Duw yn *cuddio'i wyneb* rhag gorfod edrych ar ddrwg; gw. Hab i.13 'Ti, sydd â'th lygaid yn rhy bur i edrych ar ddrwg, ac na elli oddef camwri'. Ymhellach gw. 48.54n a cf. 50.47.

48.54 **llef** Cyfeiriad at lef Crist ar y groes. Gwnaed Iesu yn bechod dros ddyn drwy i Dduw roddi arno bechod yr holl fyd; tra oedd felly trodd Duw ymaith rhag edrych arno, gw. Math xxvii.46 'a thua thri o'r gloch gwaeddodd Iesu â llef uchel, "Eli, Eli, lema sabachthani", hynny yw, "Fy Nuw, fy Nuw, pam yr wyt wedi fy ngadael?"' Os at ail lef Crist ar y groes y cyfeirir, gw. Luc xxiii.46 'Llefodd Iesu â llef uchel, "O Dad, i'th ddwylo di yr wyf yn cyflwyno fy ysbryd." A chan ddweud hyn bu farw.'

48.55 **'Gorffennwyd!'** Gw. 35.23n.

48.56 **Bywyd** Dywedodd Crist amdano'i hun (gw. Ioan xiv.6) 'Myfi yw'r ffordd a'r gwirionedd a'r bywyd. Nid yw neb yn dod at y Tad ond trwof fi.' Cf. *Awdur Bywyd* 37.15n.

48.57–9 **ffynnon ... Agorwyd yn ei ystlys ... I olchi'r aflan** Ymhellach ar y darlun o Grist yn ffynnon gw. 12.8n.

48.72 **d'ai'r** Deellir *deuai'r*; gw. 51.31.

48.72 **[y] Diddanydd** Yn arferol gelwir Crist *y Diddanydd* ar gyfrif ei waith yn eiriolwr, gw. 40.30n, a gelwir yr Ysbryd Glân *y Diddanydd arall*. Yma yr Ysbryd Glân sydd dan sylw, ac addewid Crist y byddai'r Ysbryd yn dod arnynt ar ymadawiad Crist i'r nefoedd, gw. Ioan xiv.16 'A mi a weddïaf ar y Tad, ac efe a rydd i chwi Ddiddanydd arall, fel yr arhoso gyda chwi yn dragwyddol'; Ioan xiv.26 'Eithr y Diddanydd, yr Ysbryd Glân, yr hwn a enfyn y Tad yn fy enw i, efe a ddysg i chwi'r holl bethau, ac a ddwg ar gof i chwi'r holl bethau a ddywedais i chwi.' Gw. 49.61; 32.9n, 43.37n.

48.77–8 **Yn y diwedd daw mewn mawredd / Ar ei orsedd, fel eu Pen** Crist yw 'pen y corff, sef yr eglwys', gw. Col i.18, a rhagwelir yma ei ddychweliad i'r ddaear fel ei llywodraethwr. Gw. hefyd 40.61n, 49.63; ODCC³ 1231 o dan y gair *Parousia*.

48.79–80 **Gwneuthur llawer eto o'u nifer / Mewn da amser fo** *Mewn da amser*, neu yn yr amser priodol, sef yr amser a ragosodwyd cyn seiliad y byd, bydd Crist yn casglu ei blant fesul un o'r byd presennol ac yn eu gosod ymysg y niferoedd cadwedig yn y nefoedd; cf. *cyflawnder yr amser* 48.17n.

49 (teitl) **Carol Plygain i'w chanu** Sylwer nad yw Jane Ellis yn gyson â hi ei hun o ran cenedl y gair *carol* yn nheitl cerddi 49 a 51. Ymddengys o'r diffyg treiglad i'r gair *plygain* mai fel e.g. y'i trinnir, ond yna treiglir y gair *canu* yn unol â'r drefn ar gyfer e.b.

49 (teitl) **'Old Derby'** Ar 'Old Derby' gw. D. Roy Saer, 'Tôn "Hen Ddarbi" a'i Theulu', *Canu Gwerin*, 1 (1978), 17–26; Phyllis Kinney, 'The Tunes of the Welsh Christmas Carols (I)', *Canu Gwerin*, 11 (1988), 45–6.

49.4 **Ysbryd y Tad** Cenhedlwyd Crist drwy Ysbryd y Tad, sef yr Ysbryd Glân; ar yr ymgnawdoliad gw. ODCC³ 830–1. Ar yr Ysbryd Glân gw. 32.9n, 43.37n, 48.72n.

49.7 **Adda yn Eden** Gw. 21.1n.

49.9 **meichia'** Gw. 21.14n.

49.10 **Tri Pherson gydseiniodd y swydd** Tri Pherson y Drindod, sef y Tad, y Mab, a'r Ysbryd Glân; ymhellach ar y Drindod gw. ODCC³ 1652–3. Ar *cydseiniaf* 'cydsynio, cytuno' gw. GPC 668. Cytunodd tri Pherson y Drindod ar enw un addas ar gyfer y swydd o weithredu yn feichiau dros ddyn, sef enw Crist.

49.13 **cyflawnder yr amser** Gw. 48.17n, 51.35; *mewn da amser* 48.79–80n.

49.14 *o Mair.*

49.15 **Rhyfeddod a bery'n ddiddarfod** Cf. Morgan Rhys (1716–79) 'Rhyfeddod a bery'n ddiddarfod / yw'r ffordd a gymerodd efe / i gadw pechadur colledig / drwy farw ei hun yn ei le;' gw. hefyd 35.17–18n.

49.16 **gwnawd** Ffurf dafodieithol ar *gwnaed*, amhrs.grff.myn. y ferf *gwneud*; gw. 51.30.

49.16 **Gwnawd dyndod yn unol â'r Gair** Cenhedlwyd y dyn Iesu, yn unol â'r Ysgrythur, drwy'r Ysbryd Glân a Mair; gw. 49.4n. Am y broffwydoliaeth gw. Eseia vii.14 'Wele, morwyn a fydd feichiog, ac a esgor ar fab, ac a eilw ei enw ef, Immanuel.'

49.17 **canodd angylion y nefoedd** Gw. Luc ii.13–14 'Yn sydyn ymddangosodd gyda'r angel dyrfa o'r llu nefol, yn moli Duw gan ddweud: "Gogoniant yn y goruchaf i Dduw, ac ar y ddaear tangnefedd ymhlith dynion sydd wrth ei fodd."'

49.19 **gostyngiad** Ar *gostyngiad* 'y weithred o ostwng, lleihad, disgyniad, cwymp' gw. GPC 1515; defnyddir y gair yng nghyd-destun ymadawiad Crist o'r nefoedd a'i ddyfodiad i'r byd.

49.22 **ffynnon i'n golchi ni** Gw. 12.8n.

49.24 **Dioddefodd nes lladdodd e'r llid** Dioddefodd Crist gosbedigaeth ingol nes diddymwyd llid Duw a oedd yn ganlyniad i bechod dyn; gw. Salm lxxix.6 'Tywallt dy lid ar y cenhedloedd nad ydynt yn dy adnabod, ac ar y teyrnasoedd nad ydynt yn galw ar dy enw.'

49.25 **Gethsemane** Gw. 9.10n.

49.27–8 **Pan godod i 'mweld â'i gyfeillion, / 'N lle gwylio, yn cysgu fe'u caed** Gw. 48.25n am weddi Crist yng ngardd Gethsemane ar i Dduw ei arbed rhag y croeshoeliad. Pan gododd Crist o'i weddi a dychwelyd at ei gyfeillion yr oeddynt yn cysgu. Dywedasai wrthynt (gw. Math xxvi.38) 'Y mae f'enaid yn drist iawn hyd at farw. Arhoswch yma a gwyliwch gyda mi.' Ei gyfeillion oedd y tri disgybl Pedr, Iago ac Ioan a phan ddychwelodd atynt ar ôl gweddïo y waith gyntaf fe ddywedodd 'Felly! Oni allech wylio am un awr gyda mi? Gwyliwch, a gweddïwch na ddewch i gael eich profi. Y mae'r ysbryd yn barod ond y cnawd yn wan.' Pan ddychwelodd atynt ar ôl gweddïo yr eildro fe'u cafodd hwy'n cysgu eto. Y drydedd waith dywedodd wrthynt, 'A ydych yn dal i gysgu a gorffwys? Dyma'r awr yn agos, a Mab y Dyn yn cael ei fradychu i ddwylo pechaduriaid. Codwch ac awn. Dyma fy mradychwr yn agosáu.'

49.29–30 Fe yfodd waelodion y cwpan / I wneuthur ewyllys y Tad Gw. 48.25n a cf. 50.39. Defnyddir *cwpan* yn ffigurol am y profiad dirdynnol a oedd yn rhan o ewyllys Duw ar gyfer Crist, sef y gwaith o gymodi Duw a dyn. Gwnaeth Crist hynny yn llawn, gan yfed *gwaelodion* 'gwaddod', neu ddyfnderau eithaf, y cwpan profiad.

49.31 cwysau tra hirion Cf. cwpled David Hughes 'Eos Iâl' (1794?–1862) 'A'i gnawd yn gwysi hirion / Er ein mwyn'. Ystyr arferol *cwys* yw rhych neu rigol a wneir gan aradr, ond fe'i defnyddir yma yn drosiadol am archollion a chlwyfau Crist o ganlyniad iddo gael ei fflangellu ar orchymyn Pilat, gw. Math xxvii.26; cf. Salm cxxix.3 'Y mae'r arddwyr wedi aredig fy nghefn gan dynnu cwysau hirion.'

49.34 Jwdas Sef Jwdas Iscariot, un o ddisgyblion Crist. Gofalai am faterion ariannol y disgyblion ond yr oedd yn anonest ac yn lladrata o'r pwrs, gw. Ioan xii.6 'lleidr ydoedd, yn cymryd o'r cyfraniadau yn y god arian oedd yn ei ofal'. Bradychodd Grist i arweinwyr yr Iddewon am ddeg darn ar hugain o arian. Edifarhaodd am hynny pan welodd y canlyniadau, dychwelodd yr arian i'r prif offeiriaid a'r henuriaid, ac fe'i crogodd ei hun, gw. Math xxvii.3–10. Gw. hefyd 51.65.

49.36 **Pilat** Gw. 48.29n.

49.38 **fe boerwyd i'w wyneb** Aethpwyd ag Iesu o flaen y Sanhedrin i ateb cyhuddiadau i'w erbyn; gw. Math xxvi.67 'Yna poerasant ar ei wyneb a'i gernodio.'

49.39 **a'i bobl** Gadawodd y disgyblion a'r cefnogwyr eraill Grist pan ddedfrydwyd ef i farwolaeth.

49.40 **Pedr** Gw. 48.33n.

49.41 **porffor** Mae arwyddocâd arbennig i liw porffor gan mai brenhinoedd ac ymerawdwyr a'i gwisgai. Gwatwarwyd Crist gan filwyr Pilat, gw. Math xxvii.27–9 'Wedi diosg ei ddillad, rhoesant glogyn ysgarlad amdano; plethasant goron o ddrain a'i gosod ar ei ben, a gwialen yn ei law dde. Aethant ar eu gliniau o'i flaen a'i watwar: "Henffych well, Frenin yr Iddewon!"'

49.45 **mynydd Calfaria** *Mynydd* Calfaria a geir yma ac yn 51.69, ond cf. *bryn* Calfaria yn 21.15, 27.6. Arno gw. 5.26n, 6.15n.

49.47 **A'i Dad ef a guddiodd ei wyneb** Gw. 48.53n.

49.50 **[ein] biliau a groesodd â'i waed** Gw. 40.26n, 46.87n, 50.50.

49.51 **boddlonodd y gyfraith** Gw. 6.12n, 6.14n, 6.19n, 6.22n, 44.79n, 48.51.

49.52 **tystiolaeth y Tad** Gw. 6.23–4n.

49.54 **sigodd ef gorun y ddraig** Y *ddraig* yw'r Diafol, gw. 3.14n, 51.10. Yn union ar ôl cwymp dyn cyhoeddodd Duw farn ar y sarff, cyfrwng y temtasiwn, ac ar y Diafol a'i defnyddiodd (gw. Gen iii.15) 'bydd ef yn ysigo dy ben di, a thithau'n ysigo'i sawdl ef': bydd Crist yn ysigo pen (*corun* 'copa'r pen' yw gair Jane Ellis) y Diafol, a'r Diafol yn ysigo sawdl Crist, felly mae Duw yn cyhoeddi na chaiff y Diafol y fuddugoliaeth derfynol. Er i'r Diafol bigo sawdl Crist fe ddinistrir y Diafol ganddo yn Nydd y Farn.

49.55 **Joseff** Joseff o Arimathea, seneddwr Iddewig a disgybl cudd i Iesu. Gyda chymorth Nicodemus fe gladdodd gorff Crist ym medd newydd Joseff, gw. Ioan xix.38–42. Ymhellach gw. ODCC³ 906–7.

49.59 **Iawn** Gw. 6.14n.

49.61 **Diddanydd** Sef yr Ysbryd Glân, un o dri Pherson y Drindod, gw. 48.72n, *Ysbryd* 43.37n.

49.63 **daw eilwaith** Cyfeiriad at ailddyfodiad Crist i'r byd, gw. 48.77–8n.

49.67 **t'lynau mewn hwyliau** Delwedd gyffredin yn emynyddiaeth Cymru yw'r darlun o addoli i gyfeiliant telyn. Arwydd o lawenydd ymhlith yr Hebreaid oedd canu'r delyn, cf. Gen xxxi.27 'Pam na roist wybod i mi, er mwyn imi gael dy hebrwng yn llawen â chaniadau a thympan a thelyn?' Arwydda hefyd foliannu Duw mewn llawenydd, gw. Salm xliii.4 'Yna dof at allor Duw, at Dduw fy llawenydd; llawenychaf a'th foliannu â'r delyn, O Dduw, fy Nuw.' Telynor enwocaf y Beibl oedd Dafydd Frenin a cf. y pennill canlynol, sef cyfieithiad Dafydd Jones (1711–77) o waith Isaac Watts (1674–1748) 'Melys yw dydd y Saboth llon, / na flined gofal byd fy mron, / ond boed fy nghalon i mewn hwyl / fel telyn Dafydd ar yr ŵyl.'

49.74 **Eglwys** Gw. 18.11–12n.

49.75 **Paradwys** Gw. 41.6n.

49.79 **nofio mewn hedd** Cf. llinell glo emyn David Charles (1762–1834) 'O fryniau Caersalem ceir gweled / holl daith yr anialwch i gyd, / pryd hyn y daw troeon yr yrfa / yn felys i lanw ein bryd; / cawn edrych ar stormydd ac ofnau / ac angau dychrynllyd a'r bedd, / a ninnau'n ddihangol o'u cyrraedd / yn nofio mewn cariad a hedd.'

50 (teitl) Ar y garol hon gw. Rhiannon Ifans, 'O Deued pob

Cristion', *Canu Gwerin*, 30 (2007), 86–92.

50 (teitl) **'Duw Gadwo'r Brenin'** Ar y mesur 'Duw Gadwo'r Brenin' gw. Alun W. G. Davies, 'A Variation on Two Carols', *Welsh Music*, 4, rhif 5 (1973–4), 51–61, 81; D. Roy Saer, 'Carol y Cymro ac Anthem y Sais', *Welsh Music*, 7, rhif 9/10 (1985), 6–19; Phyllis Kinney, 'The Tunes of the Welsh Christmas Carols (II)', *Canu Gwerin*, 12 (1989), 7–8.

50.5 **trefen y Duwdod** Trefn ragluniaethol Duw, gw. 25.9n.

50.7 **I agor ffordd rasol i achub ei bobl** Golygwyd *I achub ffordd* (1840) yn *I agor ffordd*.

50.8 **Duw freiniol** Treiglir *breiniol* er mwyn y cyflythreniad â *fry*; yr ystyr yw 'yn meddu hawl neu ragorfraint ... wedi ei gynysgaeddu â breintiau, urddas neu awdurdod', gw. GPC 317.

50.9–10 **'Mostyngodd mor isel dan wreiddyn ein llygredd / Nes dyfod a'i agwedd fel gwas** Ymddangosodd Crist yn y cnawd, ac wrth wneud hynny fe'i darostyngodd ei hun, gw. Phil ii.6–8 'Er ei fod ef erioed ar ffurf Duw, ni chyfrifodd fod cydraddoldeb â Duw yn beth i ddal gafael ynddo, ond fe'i gwacaodd ei hun, gan gymryd ffurf caethwas a dyfod ar wedd dynion. O'i gael ar ddull dyn, fe'i darostyngodd ei hun, gan fod yn ufudd hyd angau, ie, angau ar groes.' Gw. hefyd 51.32.

50.13 **Bachgen** Gw. 48.14n.

50.13 **seren** Gw. 48.13n.

50.14 **doethion o'r dwyrain** Sef y sêr-ddewiniaid a ymwelodd â'r Iesu ym Methlehem Jwda, gw. 48.13n. Credir mai aelodau o'r dosbarth o wŷr doeth crefyddol a elwid *y Magiaid* oeddynt a'u bod wedi teithio i Fethlehem naill ai o Bersia neu o Arabia (gan fod Arabia yn aml yn cael ei galw *y dwyrain* (e.e. yn Gen xxv.6), a chan fod Arabia yn enwog am aur, thus a myrr, sef anrhegion y doethion i'r baban Iesu). Arwyddai eu dyfodiad at Grist y byddai nid yn unig yr Iddewon ond y Cenhedloedd hefyd ymysg y gwaredigion, gw. Eseia lx.3 'Fe ddaw'r cenhedloedd at dy oleuni, a brenhinoedd at ddisgleirdeb dy wawr.' Ar y Cenhedloedd gw. 48.15n. Daeth delweddau o addoliad y doethion yn dra phoblogaidd, yr un cynharaf yn dyddio o'r ail ganrif ac ar gadw yn y 'Cappella greca' yng Nghladdgell Priscilla yn Rhufain, gw. ODCC^3 1026.

50.15 **proffwydi** Nid yn unig yr oedd proffwydi'r Hen Destament yn rhagfynegi'r pethau a oedd i ddigwydd yn y dyfodol, ond fe bregethent hefyd i'w cenhedlaeth eu hunain. Proffwydwyd dyfodiad Crist yn Eseia ix.6 (gw. 48.14n), Eseia lxi.1; ei eni o wyryf (gw. Eseia vii.14); y câi ei eni ym Methlehem (gw. Micha v.2); dyfodiad Crist i Jerwsalem ar gefn ebol asyn (gw. Sech ix.9); a thrywanu ei ystlys adeg y Croeshoeliad (gw. Sech xii.10). Proffwydodd Hosea (gw. xi.1) 'o'r Aifft y gelwais fy mab' gan fod Joseff a'r teulu wedi ffoi i'r Aifft i aros marwolaeth Herod Fawr; proffwydodd Jeremeia (gw. xxxi.15) alar mamau Bethlehem yn dilyn lladd eu plant, gw. 50.19n.

50.17 **Herod** Herod Fawr oedd brenin Jwda pan anwyd Crist ym Methlehem. Llywodraethodd ei wlad drwy greulonder mawr. Ymhellach arno gw. ODCC^3 766.

50.19 **mamau'r babanod** Parodd Herod Fawr ladd holl fechgyn Bethlehem a'r cyffiniau o ddwyflwydd oed a than hynny yn dilyn genedigaeth Crist fel rhan o'i ymdrech aflwyddiannus i'w ladd; gw. Math ii.17–18 'Felly y cyflawnwyd y gair a lefarwyd trwy Jeremeia'r proffwyd: "Clywyd llef yn Rama, wylofain a galaru dwys; Rachel yn wylo am ei phlant, ac ni fynnai ei chysuro, am nad oeddent mwy."'

50.23 **[y]r hen fradwr** Sef y Diafol, y pennaf o'r angylion syrthiedig. Bradychodd Dduw, gw. Ioan viii.44 'ni safodd yn y gwirionedd'; 1 Ioan iii.8 'y mae diafol yn pechu o'r dechreuad.'

50.24 **Barnwr** Ar Grist yn barnu ar Ddydd y Farn, gw. 46.14n.

50.29 **mab y wraig weddw** Un o wyrthiau Crist oedd atgyfodi o farw'n fyw unig fab gwraig weddw o dref Nain, gw. Luc vii.11–15.

50.33 **troi'r dŵr yn win** Un o wyrthiau Crist oedd troi dŵr yn win yn ystod gwledd briodas yng Nghana Galilea, gw. Ioan ii.1–11.

50.35–6 **nos angau ... haul hanner dydd** Cyferbyniad sy'n seiliedig ar y thema marwolaeth / bywyd. Arwydd o farwolaeth yw *nos* yn y Beibl, a'r dydd yn arwyddo bywyd, cf. Ioan ix.4 'Y mae'n rhaid i ni gyflawni gweithredoedd yr hwn a'm hanfonodd i tra mae hi'n ddydd. Y mae'r nos yn dod, pan na all neb weithio.' Ni fydd nos yn y nefoedd, gw. Dat xxi.25; gw. hefyd *bryn Caersalem newydd* 41.46n, 47.3n. Ni fydd angen haul i oleuo'r nefoedd newydd (gw. Dat xxi.23) 'oherwydd gogoniant Duw sy'n ei goleuo, a'i lamp hi yw'r Oen'.

50.37 **Ge'semane** Gardd Gethsemane, gw. 9.10n.

50.39 **cwpan** Gw. 48.25n, 49.29n.

50.43 **teirgwaith** Dygwyd Crist i'w holi o flaen y Sanhedrin, o flaen Pilat, ac o flaen Herod; fe'i dyfarnwyd yn ddieuog, gw. 50.44n.

50.44 **Dim achos marwolaeth ni chaed** Dyfarniad Pilat oedd fod Crist yn gwbl ddi-fai, gw. Luc xxiii.14–15 'yr wyf fi wedi holi'r dyn hwn yn eich gŵydd chwi, a heb gael ei fod yn euog o unrhyw un o'ch cyhuddiadau yn ei erbyn; ac ni chafodd Herod chwaith oherwydd cyfeiriodd ef ei achos yn ôl atom ni. Fe welwch nad yw wedi gwneud dim sy'n haeddu marwolaeth.'

50.45 **Meichiau** Gw. 21.14n.

50.45 **deffroi wnâi'r cleddau** Pan oedd Crist yn gweithredu fel meichiau dros ei bobl, sef yn dioddef marwolaeth iawnol drostynt, fe'i gwnaed yn bechod ac felly yr oedd cleddyf cyfiawnder Duw wedi deffro yn ei erbyn ef yn barod i gosbi'r pechod. Gw. hefyd 51.68n.

50.46 **A'i enaid hyd angau trist oedd** Gw. Math xxvi.38 'Y mae f'enaid yn drist iawn hyd at farw.'

50.47 **Duw yn ymguddio** Gw. 48.53n.

50.48 **flino ... floedd** Treiglir *blino* er mwyn y cyflythreniad.

50.48 **bloedd** Sef 'Gorffennwyd!', gw. 35.23n.

50.49 **'Gorffennwyd!'** Gw. 35.23n.

50.50 **[ein] biliau ni a groeswyd** Gw. 40.26n.

50.53 **Eglwys** Gw. 18.11–12n.

50.53 **Paradwys** Gw. 41.6n.

50.55 **Fe ddaw â'i blant adrau o'r moroedd a'r beddau** Bydd Crist yn casglu ei blant, sef y credinwyr, o ba le bynnag y bônt ar y pryd hwnnw ac yn mynd â hwy adref yn ddiogel i'r nefoedd. Cred Jane Ellis fod llawer ohonynt yn y 'moroedd a'r beddau', sef mewn lleoedd anodd cael gafael arnynt, ond ni fydd hynny'n drafferthus i Grist. Dywedir am y bedd ei fod yn llyncu dynion (gw. Diar i.12 'llyncwn hwy yn fyw, fel y bedd') ond daeth Crist yn dranc i'r bedd drwy orwedd ynddo ar ran ei bobl, gw. Hosea xiii.14 'O law y bedd yr achubaf hwynt; oddi wrth angau y gwaredaf hwynt: byddaf angau i ti, O angau; byddaf dranc i ti, y bedd.' Daw hefyd y rhai a aeth 'i'r môr mewn llongau, a gwneud eu gorchwylion ar ddyfroedd mawr' gartref, gw. Salm cvii.23. Cf. hefyd Dat v.13 'A chlywais bob peth a grewyd, yn y nef ac ar y ddaear a than y ddaear ac ar y môr, a'r cwbl sydd ynddynt, yn dweud: "I'r hwn sy'n eistedd ar yr orsedd ac i'r Oen y bo'r mawl a'r anrhydedd a'r gogoniant a'r nerth byth bythoedd!"' Sylwer ar yr odl fewnol *adrau / beddau*.

50.57 **Caersalem newydd** Trosiad cyffredin am y nefoedd, gw. 41.46n, 42.17n.

50.62 **Testament Newydd** Gellid deall yma ail ran y Beibl, sef y pedair Efengyl, 'Actau yr Apostolion', llythyrau Paul, Iago, Pedr, Ioan a Jwdas, ynghyd â 'Datguddiad Ioan'; neu gellid deall 'cyfamod newydd', gw. *Offeiriad* 17.29n, *y Meichia'* 21.14n, *Archoffeiriad* 40.50n, *cyfamod bore* 46.85n.

50.64 **Iôr** Ystyr *iôr* yw 'arglwydd' ac fe'i defnyddir yma yn benodol am Dduw; cf. Salm viii.1 'O Arglwydd ein Iôr, mor ardderchog yw dy enw ar yr holl ddaear!'

50.64 **Duw Tri** Sef tri Pherson y Drindod, gw. 49.10n, *Ysbryd* 43.47n, *Diddanydd* 48.72n.

50.68 **Priod** Gw. 8.10n.

51 (teitl) Ar y garol hon gw. Rhiannon Ifans, '"Dynoliaeth a grewyd mor loyw ...": un arall o garolau plygain Jane Ellis', *Canu Gwerin*, 29 (2006), 71–7.

51 (teitl) **Carol Plygain i'w chanu** Gw. 49 (teitl).

51 (teitl) **'Old Derby'** Ar yr alaw 'Old Derby' gw. 49 (teitl)n.

51.2 **ar ddelw'r pur Dduw** Crewyd dynoliaeth yn ôl tebygrwydd Duw, gw. Gen i.26–7 'Dywedodd Duw, "Gwnawn ddyn ar ein delw, yn ôl ein llun ni" ... Felly creodd Duw ddyn ar ei ddelw ei hun; ar ddelw Duw y creodd ef; yn wryw ac yn fenyw y creodd hwy.'

51.3 **yn wryw ac yn fenyw** Gw. 51.2n.

51.4 **Eden** Gw. 21.1n.

51.10 **dyfais y ddraig** Y *ddraig* yw'r Diafol, gw. 3.14n. Ar *dyfais* 'dichell, cynllwyn, ystryw' gw. GPC 1122.

51.12 **y llestr oedd wannaf** Gelwir merched yn 'llestri gwannaf' yn 1 Pedr iii.7 'chwi wŷr, byddwch yn ystyriol yn eich bywyd priodasol; rhowch y parch dyladwy i'r wraig, gan mai hi yw'r llestr gwannaf.'

51.15 **gwenwyn y gelyn** Gelwir y Diafol yn *elyn* yn Luc x.18 'Yr oeddwn yn gweld Satan fel mellten yn syrthio o'r nef. Dyma fi wedi rhoi i chwi yr awdurdod i ... drechu holl nerth y gelyn.'

Gelwir y Diafol yn *sarff* (gw. Dat xx.2 'Gafaelodd yn y ddraig, yr hen sarff, sef Diafol a Satan, a rhwymodd hi am fil o flynyddoedd'), ac at ei gwenwyn y cyfeirir yma.

51.16 **pren** Sef pren gwybodaeth da a drwg, gw. 21.1n.

51.18 **Hi dynnodd ei phriod i lawr** Parodd Efa ddarostyngiad Adda, ei gŵr, gw. 51.20n.

51.20 **cwymp** Ar gwymp Adda ym Mharadwys, gw. 21.1n, 48.10n, a *codwm* 51.53n.

51.21-2 **Ac yna ei lygaid agorodd / A gwelodd mor noethlwm yr aeth** Cyfeiriad at Adda yng ngardd Eden yn union ar ôl iddo fwyta o'r ffrwyth gwaharddedig; cofnoda Gen iii.7 fod Adda ac Efa ill dau yn sylweddoli eu noethni: 'Yna agorwyd eu llygaid hwy ill dau i wybod eu bod yn noeth, a gwnïasant ddail ffigysbren i wneud ffedogau iddynt eu hunain.' Cyn y cwymp (gw. Gen ii.25) 'Yr oedd y dyn a'i wraig ill dau yn noeth, ac nid oedd arnynt gywilydd.'

51.30 **gwnawd** Gw. 49.16n.

51.31 **d'ai** Deellir yma *deuai*; gw. 48.72.

51.32 **gwisgo mewn cnawd** Cyfeiriad at ddyfodiad Crist o'r nefoedd i'r ddaear i fod ar ffurf dyn, gw. 50.9-10n.

51.33 **proffwydoliaethau** Gw. 50.15n.

51.34 **morwyn yn feichiog** Cafwyd morwyn o'r enw Mair yn feichiog o'r Ysbryd Glân a hithau wedi ei dyweddïo i Joseff. Dywedodd angel wrtho (gw. Math i.20-1) '"Joseff fab Dafydd, paid ag ofni cymryd Mair yn wraig i ti, oherwydd y mae'r hyn a genhedlwyd ynddi yn deillio o'r Ysbryd Glân. Bydd yn esgor ar fab, a gelwi ef Iesu, am mai ef a wareda ei bobl oddi wrth eu pechodau". A digwyddodd hyn oll fel y cyflawnid y gair a lefarwyd gan yr Arglwydd trwy'r proffwyd: "Wele, bydd y wyryf yn beichiogi, ac yn esgor ar fab a gelwir ef Immanuel", hynny yw, o'i gyfieithu, "Y mae Duw gyda ni".'

51.35 **cyflawnder yr amser** Gw. 48.17n, 49.13; *mewn da amser* 48.79–80n.

51.36 **Gair** Sef Crist, gw. Ioan i.1, 14 'Yn y dechreuad yr oedd y Gair; yr oedd y Gair gyda Duw, a Duw oedd y Gair ... A daeth y Gair yn gnawd a phreswylio yn ein plith, yn llawn gras a gwirionedd.' Gwnaed popeth yn unol â'r proffwydoliaethau er mwyn y Gair, sef er mwyn i Iesu Grist gael ei eni yn unol â gair Duw drwy'r proffwydi; gw. 50.15n.

51.37 **Bethlem** Gw. 48.19n.

51.39 **Rhyfeddod na welwyd ei eilun** Gellid aralleirio '[Dyma] ryfeddod na welwyd ei debyg.' Ar *eilun* 'delw, cyffelybrwydd' gw. GPC 1193.

51.40 **ei Brenin a'i Brawd** Un o swyddogaethau Crist yw teyrnasu'n frenin dros ei Eglwys, ac ar Ddydd y Farn ef fydd yn barnu'r holl fyd, gw. Math xxv.34 'Yna fe ddywed y Brenin wrth y rhai ar y dde iddo, "Dewch, chwi sydd dan fendith fy Nhad, i etifeddu'r deyrnas a baratowyd ichwi er seiliad y byd"'. Mae Crist yn frawd i Fair am eu bod wedi eu cenhedlu yn ysbrydol o'r un tad, sef o'r Ysbryd Glân. Oherwydd iddo gymryd arno natur dyn gelwir Crist (gw. Diar xvii.17) yn frawd 'a anwyd erbyn caledi'.

51.41–2 **dyndod / A Duwdod** Cyfeirir yma at ddwy natur Crist. Ceir yr un pwyslais yn emynyddiaeth Ann Griffiths (1776–1805), cf. 'Dwy natur mewn un Person / Yn anwahanol mwy / Mewn purdeb heb gymysgu / Yn berffaith hollol trwy.' Mynegir y gwirionedd hwn yng Nghredo Athanasius yn *Y Llyfr Gweddi Gyffredin* yr oedd Jane Ellis ac Ann Griffiths yn gyfarwydd ag ef.

51.45 **porthodd e' filoedd** Ar un achlysur darparodd Crist fwyd ar gyfer tua phum mil o ddynion, heblaw gwragedd a phlant, drwy fendithio pum torth a dau bysgodyn, ac wedi i bawb fwyta a chael digon cododd y disgyblion ddeuddeg basgedaid lawn o'r tameidiau oedd dros ben; ar y wyrth hon gw. Math xiv.13–21. Yn Math xv.32–9 cofnodir i Grist fwydo pedair mil o ddynion, heblaw gwragedd a phlant, gyda saith torth ac ychydig bysgod bychain.

51.47–8 **Iachâi wywedigion a deillion / A chleifion** Ar waith Crist yn iacháu gw. Math iv.24 'dygasant ato yr holl gleifion oedd yn dioddef dan amrywiol afiechydon, y rhai oedd yn cael eu llethu gan boenau, y rhai oedd wedi eu meddiannu gan gythreuliaid, y rhai'n dioddef o ffitiau, a'r rhai oedd wedi eu parlysu; ac fe iachaodd ef hwy.'

51.49 **Lasarus** Un yr oedd Iesu yn ei garu; pan fu Lasarus farw fe wylodd Iesu wrth ei fedd a'i atgyfodi, gw. Ioan xi.38–46. Ar ei ddwy chwaer, Mair a Martha, gw. 45.47n. Ymhellach ar Lasarus gw. ODCC³ 966.

51.51 **Daeth llawer o feirwon i fyny** Gw. 3.12n.

51.53 **codwm** Y codwm mae dynoliaeth yn rhan ohono yw'r *codwm mawr*, sef cwymp Adda ym Mharadwys, gw. 21.1n, 48.10n, 51.20n.

51.56 **o'r tu mewn i'r llen** Yn y disgrifiad o'r tabernacl, neu babell y cyfarfod, dywedir bod dwy ystafell, sef y sanctaidd a'r sancteiddiolaf, wedi eu gwahanu oddi wrth ei gilydd drwy gyfrwng llen. Unwaith y flwyddyn (yn unig) âi'r archoffeiriad, a neb arall, i mewn i'r ystafell sancteiddiolaf heibio i'r llen er mwyn gwneud cymod dros yr Israeliaid, gw. Lef xvi. Yr oedd y llen hon yn symbol o gnawd Crist; pan fu farw ar y groes 'dyma len y deml yn cael ei rhwygo yn ddwy o'r pen i'r gwaelod', gw. Math xxvii.51, a'r ystafell sancteiddiolaf yn cael ei hagor i olwg y cyhoedd gan agor ffordd newydd at Dduw, gw. Heb x.20 'ffordd newydd a byw y mae ef wedi ei hagor inni drwy'r llen, hynny yw, trwy ei gnawd ef.'

51.58 **gwas** Gw. 50.9–10n.

51.62 **[yr] ardd** Sef gardd Gethsemane, gw. 9.10n.

51.65 **Jwdas** Jwdas Iscariot, gw. 49.34n.

51.66 **cusan ... brad** Ar Jwdas Iscariot yn bradychu Crist i arweinwyr yr Iddewon drwy gusan, gw. Math xxvi.48–9 'Rhoddodd ei fradychwr arwydd iddynt gan ddweud, "Yr un a gusanaf yw'r dyn; daliwch ef." Ac yn union aeth at Iesu a dweud, "Henffych well, Rabbi", a chusanodd ef.'

51.67 **Pilat** Gw. 48.29n.

51.68 **A'i daro â chleddyf ei Dad** Cyfeirir yma at gleddyf cyfiawnder Duw. Pan oedd ar y groes yr oedd Crist wedi ei wneud yn bechod, ac fe'i tarawyd â chleddyf cyfiawnder Duw, yn gosbedigaeth am bechod yr holl fyd. Cf. cwpled Thomas Lewis, Talyllychau (1760–1842) 'Aredig ar gefen mor hardd, / A'i daraw â chleddyf ei Dad' yn y pennill 'Wrth gofio'i riddfannau'n yr ardd' a ymddangosodd gyntaf mewn casgliad o'r enw *Hymnau ar Amryw Destunau* (Caerfyrddin, 1832). Gw. hefyd 50.45n.

51.69 **mynydd Calfaria** *Mynydd* Calfaria a geir yma ac yn 49.45, ond cf. *bryn* Calfaria yn 21.15, 27.6. Arno gw. 5.26n, 6.15n.

51.71 **I fyny yr ysbryd a roddodd** Gw. 35.23n.

51.72 **gorffennodd** Cyfeiriad at lef Crist 'Gorffennwyd!' pan ddaeth ei waith yn talu iawn i ben, gw. 35.23n.

51.73 **claddu** Claddwyd Crist mewn bedd newydd o eiddo Joseff o Arimathea, gw. 49.55n.

51.75 **twyll yr Iddewon** Cyfeiriad at ddisgyblion Iesu yw *Iddewon* yma. Ofnai'r prif offeiriad a'r Phariseaid y byddai'r disgyblion yn dwyn corff Crist a thwyllo'r bobl i feddwl bod Crist wedi atgyfodi oddi wrth y meirw 'ac felly bod y twyll olaf yn waeth na'r cyntaf', gw. Math xxvii.64.

51.76 **Seliasant rhyw faen wrth ei fedd** Golygwyd *Seiliasant* yn *Seliasant*. Gosodwyd carreg fawr dros ddrws bedd Crist, ac ar gais y prif offeiriaid a'r Phariseaid gosododd Pilat warchodlu i wylio'r bedd rhag i neb ddwyn y corff. Seliodd y Rhufeiniaid y bedd i sicrhau na allai'r disgyblion ddwyn y corff a haeru i Grist atgyfodi drwy ei nerth ei hun ac agor y bedd. Gw. Math xxvii.66 'Aethant hwythau a diogelu'r bedd trwy selio'r maen, a gosod y gwarchodlu wrth law.'

51.78 **treiglwyd y maen** Gw. Math xxviii.2 'daeth angel yr Arglwydd i lawr o'r nef, ac aeth at y maen a'i dreiglo i ffwrdd ac eistedd arno.'

51.79 **[y] gwragedd** Gw. Marc xvi.1–2 'Wedi i'r Saboth fynd heibio, prynodd Mair Magdalen, a Mair mam Iago, a Salome, beraroglau, er mwyn mynd i'w eneinio ef. Ac yn fore iawn ar y dydd cyntaf o'r wythnos, a'r haul newydd godi, dyma hwy'n dod at y bedd.' Yn ôl Luc xxiv.10 'Mair Magdalen a Joanna a Mair mam Iago oedd y gwragedd hyn; a'r un pethau a ddywedodd y gwragedd eraill hefyd, oedd gyda hwy, wrth yr apostolion.'

51.85–6 **O lafur ei enaid caiff weled, / A chael ei ddiwallu** Cf. Eseia liii.11 'O lafur ei enaid y gwêl, ac y diwellir: fy ngwas cyfiawn a gyfiawnha lawer trwy ei wybodaeth; canys efe a ddwg eu hanwireddau hwynt.'

51.87 **dyweddi** Dyweddi Crist yw'r Eglwys, gw. Can iv.9 'Dygaist fy nghalon, fy chwaer a'm dyweddi.' Defnyddiodd Paul yr un trosiad wrth ddatgan iddo weinidogaethu ymysg y Cenhedloedd er mwyn eu troi'n Gristnogion, gw. 2 Cor xi.2 'Oherwydd yr wyf yn eiddigeddus drosoch ag eiddigedd Duw ei hun, gan i mi eich dyweddïo i un gŵr, eich cyflwyno yn wyryf bur i Grist.' Sylwer nad yw *dyweddi* / *rheini* (ll. 88) yn cyfateb o ran rhif.

51.89 **Hosanna!** Gw. 19.23n.

51.92 **coron** Cf. Galarnad v.16 'Syrthiodd y goron oddi ar ein pen; gwae ni, oherwydd pechasom.' Enillodd Crist y goron honno yn ôl i'r credinwyr, gw. 1 Pedr v.4 'A phan ymddangoso'r Pen-bugail, chwi a gewch dderbyn anniflanedig goron y gogoniant;' Dat ii.10 'Bydd ffyddlon hyd angau, a rhof iti goron y bywyd.'

51.93 **ffydd yn troi'n olwg** Gw. 45.13n.

51.93–5 **ffydd … gobaith … cariad** Gw. 40.57–8n.

51.97 **Elias** Enwir yn y llinell hon dri o batriarchiaid hynotaf yr Hen Destament o ran eu swyddogaethau o dan yr hen oruchwyliaeth, sef Elias, Moses ac Abraham. Mae cysylltiad uniongyrchol rhwng Elias a Moses (y naill yn cynrychioli'r proffwydi a'r llall yn cynrychioli'r gyfraith) ar gyfrif iddynt 'ymddangos mewn gogoniant' ar fynydd yn agos i Cesarea Philippi adeg gweddnewidiad Crist (gw. Math xvii. 1–8) i ymddiddan ag ef yng ngŵydd Pedr, Iago ac Ioan 'am ei ymadawiad, y weithred yr oedd i'w chyflawni yn Jerwsalem', gw. Luc ix.31. Ar ddiwedd ei oes ni fu'n rhaid i Elias y proffwyd farw a chael ei gladdu; fe'i cymerwyd i fyny mewn corwynt i'r nefoedd, gw. 2 Br ii.1–18. Ymhellach ar Elias gw. ODCC^3 542.

51.97 **Moses** Un o gewri'r Hen Destament, sef y gŵr a arweiniodd yr Hebreaid o'u caethiwed yn yr Aifft, a'r un y cyflwynodd Duw ei gyfraith iddo ar ddwy lech garreg ar Fynydd Sinai. Tystir yn yr Hen Destament ei fod yn arweinydd gwrol, doeth a thirion. Ymhellach arno gw. ODCC^3 1125.

51.97 **Abram** Ystyr *Abram* yw 'tad dyrchafedig' ac o'i hil y ganwyd Crist. Galwyd Abraham gan Dduw i adael Ur y Caldeaid a mynd i wlad Canaan (gw. Gen xii.1; Heb xi.8–12); oherwydd ei ufudd-dod bendithiodd Duw ef â 'disgynyddion fel sêr y nef o ran eu nifer, ac fel tywod dirifedi glan y môr' (gw. Heb xi.12). Newidiodd Duw enw Abram yn *Abraham* 'tad i lu o genhedloedd' (gw. Gen xvii.3–5). Ystyrir hanes bywyd

Abraham yn gysgod o hanes yr Eglwys. Ymhellach arno gw. ODCC³ 6.

51.103 **Oen** Gw. 19.8n.

51.104 **Gogoniant a moliant! Amen.** Dyma'r un llinell glo â cherdd 49, a cf. cwpled clo cerdd 50 'Mae hedd yn ei haeddiant, rhoi iddo'r gogoniant / Mae miloedd mewn moliant. Amen.'

ATODIAD

Fy anwyl Fair,

Mae yn debyg eich bod yn cofio fy hên ffrynd David Jones, Pwll-melyn, yr hwn fyddai yn arfer sefyll bob amser ar risiau'r pulpud. Efe oedd y gwr hynaf yn ein heglwys, ac yr oedd yn ddiarebol am ei dduwioldeb.—Byddwn i pan yn eneth fechan yn arfer dywedyd y dymunwn fyned i'r nefoedd yn ei freichiau ef, oblegyd yr oeddwn yn meddwl ei fod ef mor siwr o fyned yno. Wel, y mae yntau hefyd wedi myned i'w orphwysfa! Y mae yn ddrwg genyf ddyweyd ei fod wedi cyfarfod âg angeu mewn dull poenus iawn. Dydd Sadwrn yr oedd gyda'i waith (llosgi calch) fel arferol. Yr oedd un o'r odynau yn gofyn adgyweiriad; a thra yr oedd ef o'i mewn yn gwneyd hyny, ymollyngodd y rhan uchaf o honi ar ei ben. Cafwyd cymhorth buan, ond yr oedd y pridd-feini mor boeth, fel nad ellid yn hawdd eu symud. Yr oedd yr hên wr anwyl yn gallu dyweyd wrthynt ymha le yr oedd, a thybir iddo fyw yno chwarter awr wedi ei gladdu felly.—Dywedai wrth y dynion oedd yno, 'Os medrwch dynu peth o'r pwysau sydd ar fy mhen, gwnewch; ond y mae hi yn dda iawn arnaf fi yma. O! fy Eiriolwr anwyl! O! fy Iesu anwyl, derbyn fy ysbryd! Yrwan y mae crefydd yn talu ei ffordd. Mae hi yn dda iawn arnaf fi, &c.'

Dyma, fy anwyl Fair, oedd tystiolaeth ddiweddef y gostyngedig, yr ofnus David Jones. Beth a wna'r eglwys yn awr am ei weddiau? Yn wir y mae yn golled colli un oedd yn byw mor agos at ac mor garedig gan yr Arglwydd. Y dydd ympryd diweddaf a fu yma, fe weddiodd yn gyhoeddus. Tybiaf i chwi fy nghlywed yn son am ei weddiau. Dyma i chwi ran o'i weddi y tro diweddaf hwnw:—'Os Paul oedd y penaf o bechaduriaid yn y dyddiau hyny, wele, y fi, O! Dduw, yw y penaf yn y dyddiau hyn. O! dyro ysbryd y Publican, pan oedd yn gwaeddi, 'Bydd drugarog wrthyf fi bechadur,' i minnau, O Arglwydd.' Clywsoch fi lawer gwaith yn adrodd ei bennill o hymn. Yr un un oedd ganddo y diwrnod hwnw. Nid wyf yn cofio erioed ei glywed yn rhoi yr un arall allan. Mi a'i hysgrifenaf ef i lawr i chwi, oblegyd yr wyf yn caru pob peth a ddywedodd neu a wnaeth yr hen wr. Gobeithiaf nas blinaf chwi, ac os gwnaf, y maddeuwch i mi.

''Rwyf yma dan y tònau,
    Yn ofni lawer pryd,
Mai'r dyfnder fydd fy nhrigfan
    Ar ol fy ngwaith i gyd;
Ond eto 'rwy'n *resolvio*
    I forio yn y blaen;
Os boddi raid, mi foddaf
    Yn ymyl Salem lân.'

Dyna'r tro olaf i'r hên wr weddio yn gyhoeddus. Y mae ei le yn bur wag.—Pwy a gawn i'w lenwi? Y mae ei farwolaeth yn golled i'r pregethwyr; cynnorthwyai ef hwynt â'i weddiau, a chefnogai hwynt â'i 'Amen,' pan fyddai pawb arall o'r gwrandawyr mor galed â'r gallestr. Dychymygaf pan yn y capel glywed ei 'Sic-cir iawn,' fel gynt, yn ateb syniadau y pregethwr, ond O! nid yw ond dychymyg.

Yr oedd corff yr hên wr wedi llosgi yn arw erbyn ei gael o'r odyn; ond nis gallaf lai na meddwl fod ei feddwl wedi ei osod gymaint ar y gogoniant yr oedd yn wynebu iddo, nes ei wneyd yn ddideimlad i raddau helaeth o ran ei gorff. 'Dirgel yw ffyrdd yr Arglwydd!' Yr oeddym ni feallai yn dysgwyl llawer o bleser wrth ymweled â'r hên wr yn ei afiechyd diweddaf, a chael adeiladaeth fawr oddiwrth ei gynghorion cyn marw. Ond nid hyn oedd ewyllys yr Arglwydd. Y mae efe yn holl ddoeth, ac yn ordeinio pob peth er y daioni mwyaf, ac er ei ogoniant ei hun. Dangoswyd yn marwolaeth ddisymwth D.J., hyd yn nod mewn amgylchiadau poenus felly, 'Ni frysia yr hwn a gredo.'

Y mae yr hên Mary Jones eto yn fyw; aeth o'i thŷ ei hun i'r Ystryd Newydd i weled angladd David Jones. Yr hên wraig anwyl, ni bydd hithau ddim yn hir heb fyned ar ei ol ef.* Y mae hi oddeutu 85 mlwydd oed; yr oedd yntau yn 80; y ddau henaf a duwiolaf yn y Wyddgrug.

*Nid oedd y ddau hen bererin hyn ddim yn berthynasau naturiol.

GEIRFA

Rhestrir yn yr Eirfa hon y geiriau hynny sy'n arwyddocaol mewn amryfal ffyrdd. Lle ceir trafodaeth arnynt yn y Nodiadau nodir hynny ag 'n'.

achos marwolaeth 50.44n (gw. hefyd **angau, brenin braw, brenin dychryniadau, tranc**)
achub 50.7n
adain ffydd 40.15n
adrau gw. **adref**
adref 20.7n, 50.55n
aflan 3.9n, 48.59n
afon 12.5n, 44.19n, 46.64n (gw. hefyd **Iorddonen**)
afon angau gw. **Iorddonen**
afon donnog gw. **Iorddonen**
afon y bryn 12.5n
afradlon 3.11n, 8.33, 20.7n, 20.19
agor 3 *un.grff.myn.* **agorodd** 51.21n
agwedd 50.10n
angau 8.4n, 24.1n, 24.20, 40.25n, 44.47, 45.56, 50.35n, 50.46n (gw. hefyd **achos marwolaeth, brenin braw, brenin dychryniadau, tranc**)
angel *ll.* **angylion** 49.17n
almonwydden coeden almwn *ll.* **almonwydd** 40.42n
'Amen!' 'Bydded felly!' 42.30n, 51.104n
amser gw. **cyflawnder ... yr amser, da amser**
anialwch 6.1n
arch 43.9n
Archoffeiriad (am Grist) 40.50n, 44.63
ar ddelw ar lun, yn ffurf 51.2n
ar fyr ar fyrder, ymhen amser byr 45.61n
ar goedd yn gyhoeddus 48.52n
aswy chwith 3.2n
Awdur Bywyd (am Grist) 37.15n, 43.37 (gw. hefyd **Bywyd**)

baban *ll.* **babanod** 50.19n
babi 45.8n
bach annwyl 5.16n, 43.19, 46.38
Bachgen (am Grist) 48.14n, 50.13
Barnwr (am Grist) 46.14n, 50.24
bedd 23.8n, 45.8n, 51.76n *ll.* **beddau** 42.34n, 50.55n
beichiog 51.34n
benyw 51.3n
bil *ll.* **biliau** 40.26n, 46.87n, 49.50, 50.50
blino 50.48n
blodeuo 40.42n
bloedd 50.48n
blwch y ddaear 48.4n
boddlon bodlon 9.16n
boddloni bodloni 44.24n, 48.51, 49.51
boneddigion gw. **gŵr bonheddig**
bore gw. **cyfamod bore**
bradwr gw. **hen fradwr, yr**
Brawd (am Grist) 19.27n, 41.59n, 51.40n
breiniol wedi ei gynysgaeddu â breintiau 50.8n
Brenin (am Grist) 40.61n, 51.40n
brenin braw marwolaeth 46.46n (gw. hefyd **achos marwolaeth, angau, brenin dychryniadau, tranc**)
brenin dychryniadau marwolaeth 42.10n (gw. hefyd **achos marwolaeth, angau, brenin braw, tranc**)
Brenin Seion gw. **Duw**
brwmstan gw. **cawod frwmstan**
brycheuyn 19.21n
bryn 12.5n, 41.46n, 42.17n, 47.3
Bugail (am Grist) 12.2n, 19.26n
bustl sylwedd chwerw 48.21n
byd 8.21n
byw 41.59n
Bywyd (am Grist) 36.7, 48.56n (gw. hefyd **Awdur Bywyd**)
Cadben (am Grist) 40.56n
cadw gwaredu 4.2n
cael 3 *un.pres.myn.* **ca'** 42.18n

Caersalem newydd y nefoedd 41.46n, 47.3, 50.57 (gw. hefyd **Canaan nefol, nef, Paradwys, Seion, tŷ fy Nhad**)

Calfari Bryn Calfaria 5.26n, 19.24, 44.32, 48.48, 51.90 **Calfaria** 6.15n, 6.21, 12.15, 21.15, 27.6, 32.8, 33.7, 35.21, 41.63, 42.23, 43.22, 44.77, 46.53, 46.61, 46.88, 47.18, 48.19, 48.50, 49.45, 51.69 **Calfaria fryn** 21.15, 27.6 mynydd **Calfaria** 49.45n, 51.69

Canaan nefol y nefoedd 38.7, 40.54n (gw. hefyd **Caersalem newydd, nef, Paradwys, Seion, tŷ fy Nhad**)

cannu 35.10n

Canol-ŵr Canolwr (am Grist) 23.16n, 37.24, 44.48

cariad gw. **ffydd ... gobaith ... cariad**

cario'r groes 43.30n

cawod frwmstan 4.14n

Cenhedloedd, y pawb nad oedd yn Iddew 48.15n

cerbyd tanllyd 42.4n

claddu 51.73n

claf 42.58n *ll.* **cleifion** 51.48n

cledd *ll.* **cleddau** 32.9n, 50.45n

cleddyf 51.68n

cleimio hawlio 44.88n

clorian 35.22n

cnawd 8.21n

cnawdol 40.3n

codi 48.27n 3 *un.grff.myn.* **cododd** 49.27n

codwm 48.10n, 51.53n (gw. hefyd **cwymp**)

'Concwest!' 37.13n

cordial diod adfywiol 40.45n

corff 42.12n

coron 21.3n, 41.54n, 51.92n

corun copa'r pen 49.54n

craig 24.10n

Craig yr Oesoedd (am Grist) 33.5n

croesi biliau 46.87n, 49.50, 50.50

crychni 19.21n

cuddio wyneb 48.53n 3 *un.grff.myn.* **cuddiodd ei wyneb** 49.47 (gw. hefyd **ymguddio**)

cusan ... brad 51.66n

cwbl 9.16n
cwlwm natur elfennau'r byd naturiol 47.16n
cwmni 42.58n
cwpan 49.29n, 50.39
cwpanaid 48.25n
cwymp 21.3n, 51.20n (gw. hefyd **codwm**)
cwys *ll.* **cwysau** 49.31
cydmar cymar, priod 44.2n
cydseinio 3 *un.grff.myn.* **cydseiniodd** 49.10n
Cyfaill[1] (am Grist) 10.5, 30.21, 35.7, 37.19, 46.47
cyfaill[2] *ll.* **cyfeillion** 49.27n
cyfamod bore 46.85n
cyflawnder ... yr amser yn yr amser addas 48.17n, 49.13, 51.35 (gw. hefyd **da amser**)
cyfodi 3 *un.grff.myn.* **cyfodaist** 3.12n
cyfraith 6.12n, 6.19n, 44.79n, 48.51, 49.51
cysgu 49.28n
cystudd 41.45n (gw. hefyd **gwlad y cystudd**)
chwys 9.10n
da amser 48.80n (gw. hefyd **cyflawnder ... yr amser**)
dafad 48.8n *ll.* **defaid** 12.19n
dafad golledig 8.37n
d'ai gw. **dyfod**
dall *ll.* **deillion** 51.47n
datod distrywio 47.16n
dawn 41.19n
deddf-le llys 48.8n
deffroi 50.45n
deg 43.12n
deheulaw 3.3n
derbyn 25.19n (gw. hefyd **Iawn**)
derbyn Iawn gw. **Iawn**
Diafol 8.21n (gw. hefyd **draig, gelyn, hen fradwr, Satan**)
diddarfod 49.15n
'Diniweidrwydd' teitl alaw 44 (teitl)n, 45 (teitl), 48 (teitl)
dioddef 3 *un.grff.myn.* **dioddefodd** 49.24n
dirwyn 45.62n

diwallu 51.86n
diwedd 48.77n
diwrnod 43.11n
dod i fyny atgyfodi 42.34n
doethion sêr-ddewiniaid 50.14n
dofi 6.19n
draig Diafol 3.14n, 49.54, 51.10 (gw. hefyd **Diafol, gelyn, hen fradwr, Satan**)
Drws (am Grist) 12.19n
Duwdod natur Duw (weithiau am Grist); y Drindod 34.1, 49.5, 50.4, 50.5n, 51.42n (gw. hefyd **Tri Pherson, Duw Tri**)
'Duw Gadwo'r Brenin' 50 (teitl)n
Duw Tri y Drindod 50.64n (gw. hefyd **Duwdod, Tri Pherson**)
dŵr (weithiau am afon Iorddonen) 44.64n, 45.40, 50.33n ll. **dyfroedd** 35.1n, 46.73n
dwyrain 50.14n
dychryn ll. **dychryniadau** 42.10n
dydd y cyfrif mawr Dydd y Farn 17.2n
dyfais 51.10n
dyfod 50.10n 2 un.dyf.myn. **d'ai** 48.72n, 51.31 3 un.dyf.myn. **daw** 48.77n, 49.63, 50.55n (gw. hefyd **dod i fyny**)
dyfroedd gw. **dŵr**
dyffryn 36.1n
dyled 38.8n
dymunol 46.41n
dyn 4.2n
dyndod 49.16n, 51.41n
dyweddi 51.87n
edau 45.61n
Eglwys 18.11n, 41.5, 43.59n, 49.74, 50.53
eilun 51.39n
eilwaith 49.63n
einioes 45.61n
Eiriolwr (am Grist) 40.30n
enaid 42.12n, 50.46n, 51.85n **enaid bach** enaid annwyl 5.16n, 43.19, 46.38
ewyllys 49.30n

Geirfa

finegr 48.21n
ffigysbren 24.7n
ffôl 2.4n
ffordd 4.2n
ffrwyth *ll.* **ffrwythau** 6.25n
ffwrnes ffwrnais 5.17n
ffydd 45.13n, 51.93n (gw. hefyd **ffydd ... gobaith ... cariad, adain ffydd**)
ffydd ... gobaith ... cariad 40.57–8n, 46.45–7, 51.93–5 (gw. hefyd **adain ffydd**)
ffynnon 12.8n, 48.57n, 49.22
gado caniatáu i un aros yn yr un lle 24.2n
Gair (am Grist) 51.36n; yr Ysgrythur 49.16n
gardd^1 gardd Eden 21.1n, 48.10 (gw. hefyd **Eden**)
gardd^2 gardd Gethsemane 51.62 (gw. hefyd **Gethsemane**)
gelyn y Diafol 51.15n (gw. hefyd **Diafol, draig, hen fradwr, Satan**)
glyn 31.1n
gobaith gw. **ffydd ... gobaith ... cariad**
gofyn 25.19n
gogoniant 51.104n
golau 43.90n
golchi 35.9n, 48.59n, 49.22
golwg 45.13n, 51.93n
gorffen 3 un.grff.myn. **gorffennodd** 51.72n (gw. hefyd **'Gorffennwyd'**)
'Gorffennwyd' 35.23n, 44.78, 48.55, 50.49 (gw. hefyd **gorffen**)
gorsedd 40.61n, 43.51, 48.78n
gostyngiad 49.19n
grawnswp clwstwr o rawnwin *ll.* **grawnsypiau** 38.1n
gris *ll.* **grisiau** 42.27n
grym 44.64n, 45.40n
gwadu 48.33n
gwaed 49.50
gwaedlyd 9.10n
gwaelod *ll.* **gwaelodion** 49.29n
gwahanu 42.12n

gwan *a.eith.* gwannaf 51.12n
gwas 50.10n, 51.58
gwasgu gorthrymu 23.10n
gweiddi 48.52n
gweld 51.85n
gwenwyn 51.15n
gwialen 33.1n
gwin 50.33n
gwisg 42.8n, 42.38n
gwisgo ... cnawd 51.32n
gwlad Canaan 38.1n
gwlad y cystudd y byd hwn 47.4n (gw. hefyd **cystudd**)
gwlân 35.10n
gwledd 20.6n
gwledda 18.11n
gwlith 35.18n
gwnawd gw. gwneuthur
gwneuthur 48.79n, 49.30n *amhrs.grff.myn.* gwnaed 39.1n gwnawd 49.16n, 51.30
gwraig 41.37n *ll.* gwragedd 51.79n gwraig weddw 50.29n
gŵr bonheddig *ll.* boneddigion 43.33n; gŵr mawr *ll.* gwŷr mawrion 43.33n
gwreiddyn ... llygredd 50.9n
gwryw 51.3n
gwylio 49.28n
gwywedig *ll.* gwywedigion 51.47n
Had y Wraig Iesu Grist 3.16n, 24.12
'Haleliwia!' 1.16n, 19.23, 44.89
hanner dydd 50.36n
haul 50.36n
hedyn 24.10n
hedd 49.79n
hen fradwr, yr y Diafol 50.23n (gw. hefyd **Diafol, draig, gelyn, Satan**)
hir *ll.* hirion 49.31n
'Hosanna!' 19.23n, 42.24, 44.89, 51.89
hwyl *ll.* hwyliau 49.67n

iacháu 3 *un.amhff.myn.* **iachâi** 51.47n
Iachawdwriaeth 30.26n, 43.96n
Iawn gwaith aberth Crist yn prynu dyn a'i gymodi â Duw 6.14n,
   6.24n, 25.24, 31.13, 32.8, 39.3, 46.88, 49.59 **talu Iawn** 6.14n
   derbyn Iawn 6.24n
Iddewon 51.75n
i fyny yn fyw 51.51n
i lawr 48.4n, 51.18n
impyn 43.58n
Iôr (am Dduw) 50.64n
Iorddonen afon Iorddonen 3.4 **afon angau** 41.48 **afon donnog**
   11.10, 28.5 **dŵr** 44.64n, 45.40 **yr afon** 40.49, 46.43
isel 50.9n
lamp 2.4n, 33.18n, 43.18n, 43.90n
loes 8.4n, 24.20, 45.56 *ll.* **loesion** 40.25n, 44.47
lladd 3 *un.grff.myn.* **lladdodd** 49.24n
llafur 51.85n
llanc *ll.* **llanciau** 5.17n
llawer 48.79n
llef 48.54n
llen 51.56n
llestr 51.12n
llid 49.24n
llwch 48.4n
llwyr foddloni bodloni'n llawn 44.24n, 44.79n, 48.51
llygad *ll.* **llygaid** 51.21n
llygredd 50.9n
llygru 42.8n
mab 50.29n *ll.* **meib** 41.17n
maen 51.76n, 51.78n
mam *ll.* **mamau** 50.19n
marw[1] 41.59n
marw[2] *ll.* **meirw** 3.12n, 42.34n **meirwon** 51.51
mawredd 48.77n
Meddyg (am Grist) 13.13n, 48.2
meib gw. **mab**
Meichiau (am Grist) 21.14n, 39.3, 40.28n, 50.45 **Meichia'** 21.14n,

49.9
Meseia (am Grist) 43.21n
mil *ll.* **miloedd** 51.45n
milwriaethus 43.59n
moddion 43.47n
moliant 51.104n
môr *ll.* **moroedd** 50.55n
morwyn 2.4n, 51.34n
'mostyngodd gw. **ymostwng**
mynydd 49.45n, 51.69n
natur dyn 35.14n
nef 1.15, 2.14, 8.13, 13.26, 14.22, 33.8, 34.5, 36.4, 40.12, 43.72, 44.66, 44.90, 48.60 **ne'** 8.18, 12.20, 14.2, 22.12, 22.24, 44.56, 44.100, 45.44, 46.14, 48.6, 51.28 **nefoedd** 6.39, 19.1, 48.3, 49.17n, 51.77 (gw. hefyd **Caersalem newydd, Canaan nefol, Paradwys, Seion, tŷ fy Nhad**)
nifer cwmni 48.79n
noethlwm 51.22n
nofio 49.79n
nos 50.35n
noswaith 9.9n
ôd eira 42.38n
odyn galch 42 (teitl)n
Oen[1] (am Grist) 19.8n, 19.24, 23.8, 32.8, 40.33, 42.23, 44.32, 45.20, 46.42, 46.61, 51.103
oen[2] 48.40n
oes *ll.* **oesoedd** 35.18n
ofon ofn 22.20
Offeiriad (am Grist) 17.29n
'Old Derby' 49 (teitl)n, 51 (teitl)n
olew 2.6n, 33.18n, 40.48n, 43.18n, 43.96n
ordeinio 33.2n
ordinhad *ll.* **ordinhadau** 48.45n
palmwydden *ll.* **palmwydd** 42.37n
Paradwys 41.6n, 49.75, 50.53 (gw. hefyd **Caersalem newydd, Canaan nefol, nef, Seion, tŷ fy Nhad**)
pechod 39.1n

Geirfa

Pen (am Grist) 48.78n
perl 40.14n
Person (am Grist) 35.13n
perth 20.12n
perthynas *ll.* **perthnasau** 40.3n
picell *ll.* **picellau** 3.14n
plentyn *ll.* **plant** 50.55n **plant trugaredd** 40.62n
porffor 49.41n
porthi 3 *un.grff.myn.* **porthodd** 51.45n
pren[1] 35.3n, 46.74
pren[2] pren gwybodaeth da a drwg 51.16n
pren y bywyd[3] 42.60n
preseb 40.33n
Preswylydd 20.12n
prin o'r braidd 48.27n
Priod[1] (am Grist) 8.10n, 35.12, 37.30, 41.51, 42.36, 47.19, 50.68
priod[2] (am Adda) 51.18n
proffwyd *ll.* **proffwydi** 50.15n
proffwydoliaeth *ll.* **proffwydoliaethau** 51.33n
pur dihalog, digymysg 33.18n, 43.96n, 46.41n, 51.2n
Rhagluniaeth 25.9n (gw. hefyd **trefen y Duwdod** 50.5n)
rhewlyd rhewllyd 9.9n
rhif y gwlith 35.18n
rhinwedd *ll.* **rhinweddau** 42.60n
rhodd *ll.* **rhoddion** 3.3n
rhoi ... i fyny ildio 51.71n
rhostio 42.13n
rhyfeddod 49.15n, 51.39n
rhyfeddu 35.17n
Sabath 10.1n
Satan 21.6, 46.56, 51.9 (gw. hefyd **Diafol, draig, gelyn, hen fradwr**)
selio ... maen 51.76n
seren 48.13n, 50.13
sigo 49.54n
soflyn 23.11n
swydd 49.10n

syllu 35.13n
Tad gw. **Duw, Iesu Grist**
taenelliad 5.27n
taliad llawn 6.22n
talu 38.8n (gw. hefyd **Iawn**)
talu ... gwystl 48.22n
talu Iawn gw. **Iawn**
tanllyd 42.4n
taro 48.30n, 51.68n
teimlo 33.1n
teirgwaith 50.43n
telyn *ll.* **t'lynau** 49.67n
Testament Newydd 50.62n
torri grym 44.64n, 45.40
trafferthu 45.47n
trai 46.64n
tranc marwolaeth 23.8n (gw. hefyd **achos marwolaeth, angau, brenin braw, brenin dychryniadau**)
trefen y Duwdod trefn ragluniaethol Duw 50.5n (gw. hefyd **Rhagluniaeth**)
trefn gw. hefyd **trefen**
trefn yr Iachawdwriaeth 30.26n
treiglo *amhrs.grff.myn.* **treiglwyd** 51.78n
tri diwrnod 43.11n
Tri Pherson y Drindod 49.10n (gw. hefyd **Duwdod, Duw Tri**)
trist 50.46n
troi 51.93n
trugaredd *ll.* **trugareddau** 3.2n (gw. hefyd **plant trugaredd**)
trwyad' trwyadl 48.30n
trysor 16.24n
twyll 51.75n
tŷ fy Nhad y nefoedd 20.6n (gw. hefyd **Caersalem newydd, Canaan nefol, nef, Paradwys, Seion**)
tylwyth 17.7n
tystiolaeth 49.52
tywydd mawr 18.12n
un ar hugain 43.13n

utgorn mawr, yr 42.33n
wylo 37.29n
yfed 48.25n *3 un.grff.myn.* **yfodd** 49.29n
ymguddio 50.47
ymostwng *3 un.grff.myn.* **'mostyngodd** 50.9n
Ysbryd gw. **Ysbryd Glân**
ysbryd 51.71n
Ysgol Ysgol Sul 47.9n *ll.* **Ysgolion** 41.14n, 47.9n
ysgrifen-law ysgrifenlaw 48.45n
ystlys 48.58n

Enwau personau ac enwau lleoedd

Abram 51.97n
Adda 21.1n, 49.7
Adda'r ail gw. **Iesu Grist**
Baca 36.1n
Bethlem Bethlehem 48.19n, 51.37
Caersalem Jerwsalem 42.17n
Caersalem newydd y nefoedd 41.46n, 47.3, 50.57 (gw. hefyd **Canaan nefol, nef, Paradwys, Seion, tŷ fy Nhad**)
Canaan nefol y nefoedd 38.7, 40.54n (gw. hefyd **Caersalem newydd, nef, Paradwys, Seion, tŷ fy Nhad**)
Daniel 5.18n
Duw 4.3, 6.12n, 6.36, 11.8, 13.19, 16.4, 16.14, 17.17, 19.8, 21.5, 22.8, 23.12, 23.16, 25.4, 31.9, 32.2, 32.28, 33.11, 33.21, 35.3n, 41.23, 43.26, 43.42, 43.94, 44.20, 46.12, 46.22, 50.8n, 50.47, 50.64, 50.66, 51.2n, 51.6 **Tad** 6.23n, 48.52, 49.30, 49.47, 49.52, 51.68n **Brenin Seion** 30.3 **Iôr** 50.64n (gw. hefyd **Iesu Grist**)
Duwdod y Drindod 50.5n, 51.100 (gw. hefyd **Tri Pherson, Duw Tri**)
Eden 49.7n, 51.4 (gw. hefyd **gardd**[1])
Eli 44.59n
Elias 51.97n
Ellis, John 44 (teitl)n
Gethsemane 9.10n, 49.25n **Ge'semane** 50.37 (gw. hefyd **gardd**[2])
Herod 50.17n

Humphreys, Robert 47 (teitl)n
Iesu 1.3, 1.12, 2.20, 2.32, 3.21, 5.6, 5.32, 6.15, 9.3, 13.3, 25.10, 28.4, 30.5, 33.7, 33.24, 35.4, 38.5, 40.8, 40.28, 42.7, 42.15, 42.20, 42.45, 43.31, 43.76, 43.84, 44.15, 44.23, 44.36, 44.40, 44.43, 44.83, 45.35, 45.54, 46.3, 46.55, 47.8, 48.18, 48.27, 48.34, 49.8, 49.35, 50.12, 50.15, 51.81 **Mab y Dyn** 10.4 **Adda'r ail** 14.12n **Iesu Grist** 17.12, 17.27 **Crist** 18.4, 41.12, 48.67, 50.50 **Brawd** 19.27n **Tad** 19.28n **Ysbryd Glân** 19.29n **Meichiau** 21.14n, 39.3, 40.28n, 50.45 **Meichia'** 21.14n, 49.9 **Craig yr Oesoedd** 33.5n **Duwdod** 34.1, 49.5, 50.4 **Meseia** 42.67, 43.21n **Mab Duw** 48.62 **Duw** 50.8, 50.28 (gw. hefyd **Archoffeiriad, Awdur Bywyd, Bachgen, Barnwr, Brenin, Bugail, Bywyd, Cadben, Canol-ŵr, Craig yr Oesoedd, Cyfaill¹, Drws, Duwdod, Eiriolwr, Gair, Had y Wraig, Meddyg, Oen¹, Offeiriad, Pen, Person, Priod¹, Tri Pherson**)
Jones, Dafydd 42 (teitl)n
Jones, Elizabeth 46 (teitl)n
Jones, Robert 41 (teitl)n
Jones, Thomas 43.45n
Joseff Joseff o Arimathea 49.55n
Jwdas Jwdas Iscariot 49.34n, 51.65
Lasarus 51.49n
Mara 35.1n, 46.73
Moses 51.97n
Nain 50.29n
Noa 43.9n
Owen, Robert 43.85n
Paradwys 41.6n, 49.75, 50.53 (gw. hefyd **Caersalem newydd, Canaan nefol, nef, Seion, tŷ fy Nhad**)
Pedr 48.33n, 49.40
Pierce, Elizabeth 45 (teitl)n
Pilat 48.29n, 49.36, 51.67
Pwll Melyn 42 (teitl)n
Seion 17.7n, 30.3 (gw. hefyd **Canaan nefol, Caersalem newydd, nef, Paradwys, tŷ fy Nhad**)
Williams, William 43.73n
Ysbryd 32.9n, 43.37n **Ysbryd Glân** 44.104, 46.69 **Diddanydd, y** 48.72n, 49.61 **Ysbryd y Tad** 49.4n

MYNEGAI I'R LLINELLAU CYNTAF

Beth yw'r cynnwrf mawr a'r wylo	45
Beth yw'r newydd trwm sy'n seinio	53
Beth yw'r wialen wyf yn deimlo	30
Bydd newydd ryfeddodau	16
Clywais newydd trwm, galarus	42
Dacw Adda yn yr ardd	20
Dyma unig ddydd Nadolig	61
Dynoliaeth a grewyd mor loyw	69
Er bod angau wedi 'mygwth	22
Er c'leted yw fy nghalon	27
Er cymell inni roddi	15
Er imi gael fy nghladdu	25
Fy annwyl frawd a hedodd adrau	59
Grawnsypiau'r wlad sydd felys iawn	34
Mae fy enaid bron llewygu	21
Mae fy nghalon i mewn galar	49
Mae fy nyddiau bron â darfod	25
Mae gennyf achos i'th ryfeddu	3
Mae rhyw ofnau yn fy nilyn	2
Mi fûm yn teithio dyffryn Baca	32
Mi welaf mai un graslon	14
Mi wn na ddylwn anfoddloni	23
Nid cael nefoedd wedi marw	18
Nid ydwyf fi ond eiddil gwan	15
O am nerth i bara'n ffyddlon	8
O caned trigolion yr hollfyd	64
O deued pob Cristion, cewch gennyf gysuron	67
O fy ngeneth, ti ddihengaist	55
O na chawn i nerth i sefyll	13
O na fedrwn gadw'm hysbryd	9
Rwyf yn clywed fod gorffwysfa	29
Rwyf yn fynych yn myfyrio	35
Rwyf yn teimlo 'nghof yn pallu	33
Rwyf yn teimlo rhyw gystuddiau	19

Rwy'n teithio megis ar fy asyn 4
Rhoddaist imi blant i'w magu 20
Rhyfeddod fawr oedd gweld y Duwdod 31
Rhyw faich o euogrwydd du 24
Tarfedig wyf fi 11
Tra bwyf yma dyfroedd Mara 31
Trwm yw'r galar rwy'n ei deimlo 39
Wel dyma fi, bechadur mawr 7
Wel dyma fore Sabath newydd 10
Wrth edrych ar fy llwybrau 24
Wrth edrych ar yr arfaeth fore 4
Wrth feddwl am wynebu'r glyn 26
Wrth im deithio trwy'r anialwch 5
Wrth weld fy nghydgyfeillion 10
Wrth ymaflyd â dy waith 1
Y mae fy enaid eiddil 17
Y puraf un yn bechod wnaed 34

Teitlau eraill yng nghyfres Clasuron Cymraeg Honno

Telyn Egryn
gan Elen Egryn
Gyda rhagymadrodd beirniadol gan
Ceridwen Lloyd-Morgan a Kathryn Hughes

Telyn Egryn (1850) gan Elin neu Elinor Evans (g. 1807) o Lanegryn, Meirionnydd, yw un o'r cyfrolau printiedig cyntaf yn y Gymraeg gan ferch. Mae ystod thematig ei cherddi yn eang ac mae ei hymgais i hybu delwedd y Gymraes ddelfrydol – merch dduwiol, barchus a moesol – yn rhan o'r ymateb Cymreig i Frad y Llyfrau Gleision. Cynhwysir cerddi gan feirdd benywaidd a gydoesai ag Elen Egryn yn atodiad i'r gyfrol hon.

9781870206303 £5.95

Dringo'r Andes & Gwymon y Môr
gan Eluned Morgan
Gyda rhagymadrodd beirniadol
gan Ceridwen Lloyd-Morgan a
Kathryn Hughes

Ganed Eluned Morgan (g. 1870) ar fwrdd y llong *Myfanwy* pan oedd honno'n cludo gwladfawyr o Gymru i'r Wladfa Gymreig a oedd newydd ei sefydlu ym Mhatagonia. Perthynai Eluned felly i ddau fyd Cymreig: yr hen famwlad a'r Wladfa newydd. Adlewyrchir y ddau fyd hwn yn *Dringo'r Andes* (1904) a *Gwymon y Môr* (1909), llyfrau taith sy'n dangos arddull fywiog, sylwgar a phersonol Eluned Morgan ar ei gorau.

9781870206457 £5.95

Sioned
gan Winnie Parry
Gyda rhagymadrodd beirniadol
gan Ceridwen Lloyd-Morgan
a Kathryn Hughes

Un o glasuron llenyddiaeth plant yw *Sioned* (1906) gan Winnie Parry (1870–1953). Ceir ynddi anturiaethau merch ifanc, ddireidus a'i hymwneud â chymdeithas Anghydffurfiol ac amaethyddol Sir Gaernarfon yn y bedwaredd ganrif ar bymtheg. Roedd gan Winnie Parry ddawn i adrodd stori ac i gyfleu cymeriad deniadol ac mae ei gwaith yn nodedig am ei harddull dafodieithiol naturiol a byrlymus.

9781870206037   £6.99

Pererinion & Storïau Hen Ferch
gan Jane Ann Jones
Gyda rhagymadroddion gan
Nan Griffiths a Cathryn A. Charnell-White

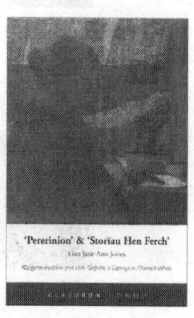

Ysgrifennai Louie Myfanwy Davies (1908–68) o dan y ffugenw Jane Ann Jones am ei bod yn trafod themâu mor feiddgar a phersonol. Nofel hunangofiannol chwerwfelys ynghylch perthynas merch ifanc â dyn priod yw *Pererinion*. Taflwyd y teipysgrif gwreiddiol i'r tân gan gyn-gariad yr awdur, ond darganfuwyd y copi a gyhoeddir yma (am y tro cyntaf erioed!) gan Nan Griffiths yn 2003. Merched godinebus, dibriod, creadigol a dewr a drafodir yn *Storïau Hen Ferch* (1937) ac mae'r awdur ar ei gorau yn archwilio ymwneud pobl â'i gilydd.

9781870206990   £7.99

Honno

Gwasg annibynnol, gydweithredol a reolir gan fenywod ac i fenywod yw Honno Gwasg Menywod Cymru. Sefydlwyd Honno ym 1986 gan wirfoddolwyr a oedd yn dymuno ehangu cyfleon i fenywod yn y byd cyhoeddi Cymreig. Bwriad y wasg yw meithrin talentau creadigol menywod yng Nghymru ac, yn aml, diolch i Honno mae menywod yn gweld eu gwaith mewn print am y tro cyntaf. Cofrestrir Honno fel menter gydweithredol gymunedol a defnyddir unrhyw elw i weithredu rhaglen gyhoeddi'r wasg. Os hoffech brynu cyfranddaliadau neu dderbyn manylion pellach, cysylltwch â ni:

Honno
'Ailsa Craig'
Heol y Cawl
Dinas Powys
Bro Morgannwg
CF64 4AH

www.honno.co.uk